KB139467

토스카나의 우아한 식탁

토스카나의 우아한 식탁

미야모토 미치코 글 · 나가사와 마코토 그림 · 고세현 옮김

라임북

목차

Jolly Plaza Hotel.
Genova

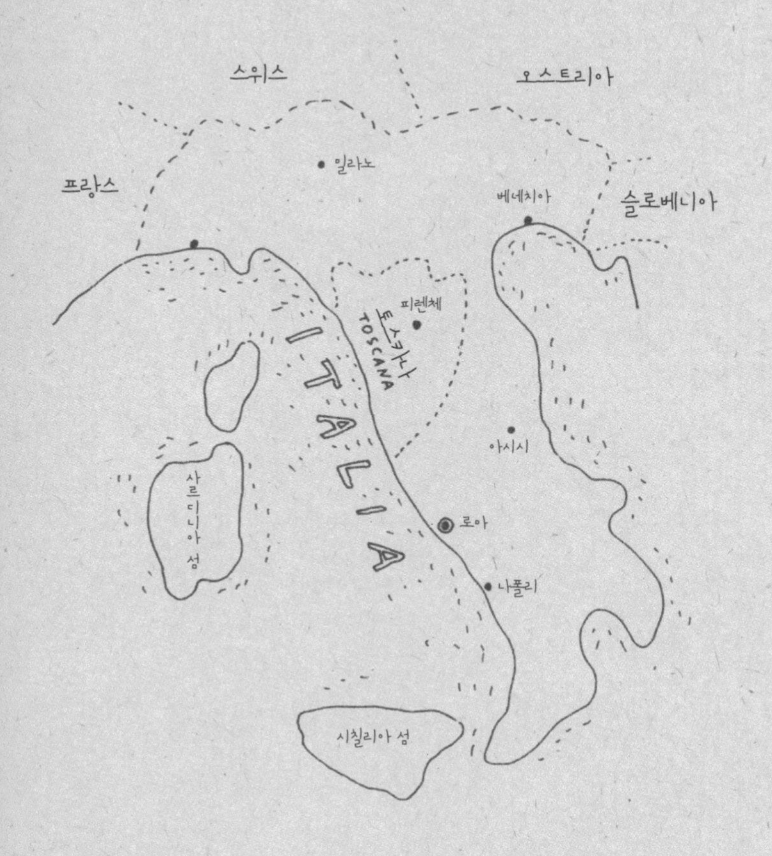
스위스
오스트리아
프랑스
밀라노
베네치아
슬로베니아
피렌체
토스카나
TOSCANA
ITALIA
아시시
살르디니아 섬
로마
나폴리
시칠리아 섬

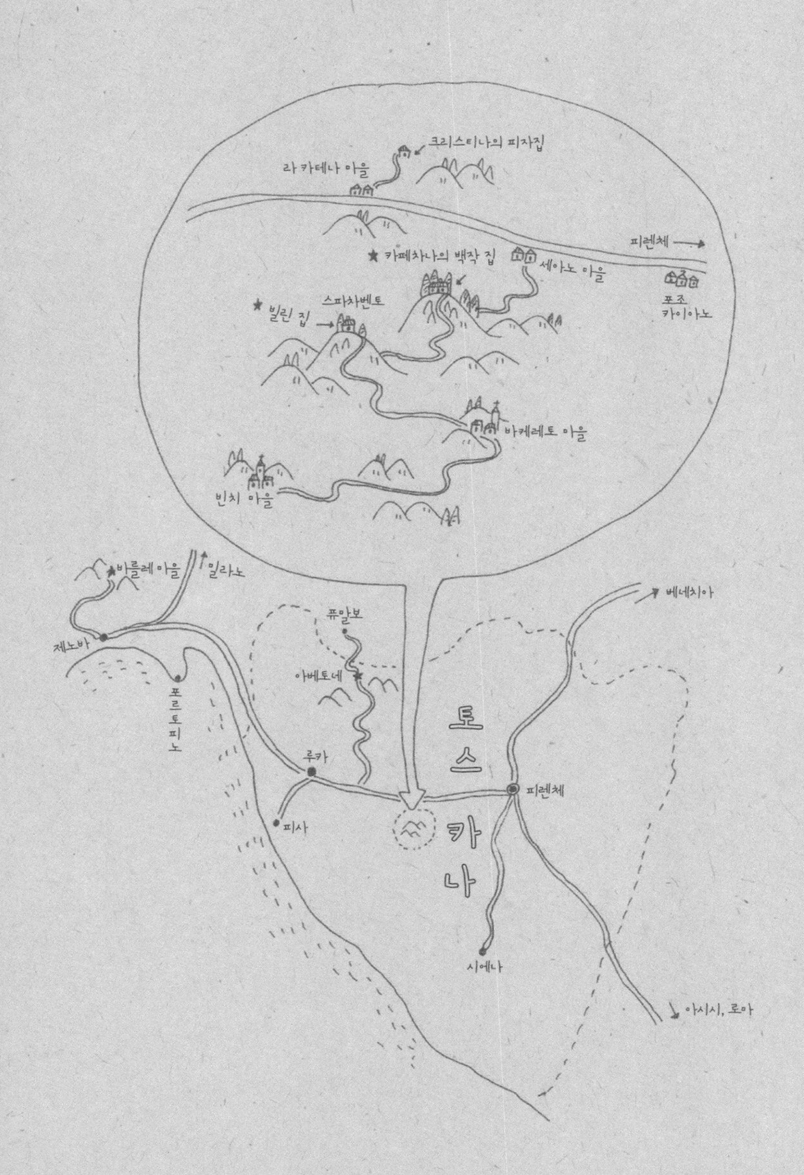
크리스티나의 피자집
라 카테나 마을
피렌체
카페차나의 백작 집
세아노 마을
포조
카이아노
스파차벤토
빌린 집
바케레토 마을
빈치 마을
바를레 마을
밀라노
제노바
포르토피노
퓨말보
아베토네
루카
피사
토스카나
피렌체
베네치아
시에나
아시시, 로마

일러두기

- 옮긴이 주는 글줄 상단에 맞추어 표기하였다.
- 인명과 지명을 비롯한 고유명사의 외국어 표기는 국립국어원의 외래어 표기법에 따르되 이미 굳어진 경우는 관용에 따랐다.

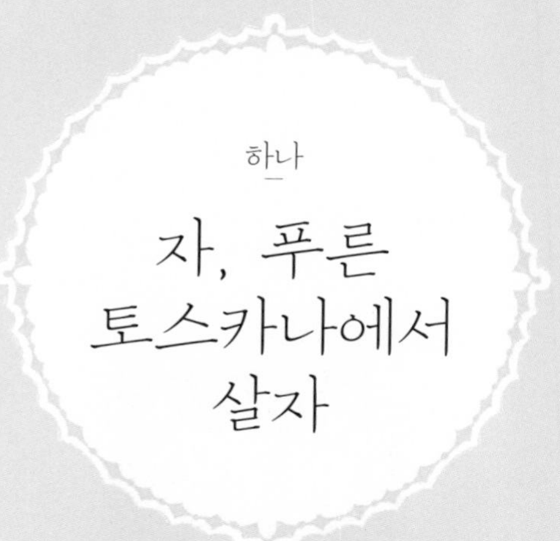

하나

자, 푸른 토스카나에서 살자

SPAZZAVENTO,
TOSCANA

이탈리아 시골 음식을 찾아서

피렌체 공항 안은 사람들로 붐볐다.

6월은 유럽 사람들의 휴가철로는 아직 좀 이르다. 그래도 절정기의 혼잡을 피해 이탈리아 여행에 나선 사람들이 꽤 많아서 외국말로 떠드는 소리가 조그만 공항 안에 울려 퍼지고 있었다. 머리에 빨간 리본 맨 강아지를 안은 60대 초반쯤 된 부부는 게이트 너머에서 딸 내외로 보이는 두 사람이 손을 흔들자 뭔가 큰 소리로 외치고 있고, 영국에서 도착한 젊은 배낭족들은 안내창구에서 지도를 살펴보면서 시내로 들어가는 방법을 묻고 있다. 검게 그을린 피부에 선글라스와 하얀 마직 슈트로 멋을 낸 사내는 아마도 로마 언저리에서 온 듯한데, 가슴이 깊게 파인 드레스를 입은 여성과 다섯 개나 되는 여행 가방을 늘어놓고서는 남의 눈은 아랑곳하지 않고 손짓을 섞어 가며 말다툼을 시작했다.

나는 짐이 나오기를 기다리면서 런던에서 한발 먼저 도착해 있을 딸을 찾고 있었다. 반려자 N이 도쿄에서 예약해 둔 차를 찾기 위해 렌터카 회사 카운터에 가 있는 사이 딸이 먼저 나를 찾아내고 다가왔다.

N은 세계 어디를 가도 공항에서 마치 택시를 타는 정도의 요령과 배짱으로 렌터카를 몰고 시내로 들어간다. 면허 딴 지가 25년이나 되어도 외국은 고사하고 일본에서도 낯선 길을 운전

할 때면 쩔쩔매는 나로서는 N의 능력이 믿어지지가 않는다. 그 덕분에 해외에서는 늘 렌터카로 이동하고, 운전은 전적으로 N에게 맡긴다. 그렇기는 해도 카페차나Capezzana는 처음 가는 곳이고 피렌체에서 서쪽으로 25킬로미터 떨어진 산속에 있다는데, 무사히 도착할 수 있을까.

도쿄에서 카페차나 숙소의 안주인 베네데타에게 목적지까지의 지도를 그려서 보내 달라고 팩스를 보냈더니, 공항에서 한줄기 길을 그리고 맨 끝 지점에 지명을 써넣은 아주 투박한 지도를 보내 왔다. 길이 어느 지점에서부터 완만한 커브를 그리고 점차 산길을 오르는 것은 알겠는데, 그 커브가 정확히 어디서 어디를 향해 꺾어지는가 하는 것까지는 그려져 있지 않았다.

일반적으로 일본 사람들이 생각하는 지도와는 거리가 먼 물건이었다.

확인차 피렌체 공항에서 베네데타에게 전화를 걸었다.

"어머나, 도착했어요? 토스카나에 온 걸 환영해요. 이제 거기서 세아노Seano라는 마을로 해서 카페차나 쪽으로 오기만 하면 되는데… 괜찮아요, 쉽게 찾을 거예요. 그럼 기다릴게요."

베네데타는 그렇게만 말하고 전화를 끊었다. 차로 돌아오자, N이 방금 산 지도를 무릎에 펼쳐 놓고는 지도 방향을 이리저리 바꾸어 보고, 나중에는 큰길까지 나가 도로 표지와 비교해 보면서 방향 감각을 익혔다. 생각해 보면 스페인이나 남프랑스에서도 이런 식으로 해 왔으니까 어떻게든 되긴 될 거다.

딸과 나는 공항 근처의 가게에서 생수 큰 병과 티슈, 크래커 등을 사 왔다. 15분 정도 지나서 N이 말했다.

"그래, 대충 알겠다. 금방 갈 거야. 가다가 식사라도 하면서 천천히 가 볼까."

이리하여 우리는 초여름 어느 날 도쿄를 떠나 이탈리아에 도착했고, 자동차로 세아노 마을의 산속에 있는 보나코시Bonacossi 백작 집안의 영지 카페차난지 뭔지 하는 곳을 향하게 되었다.

이탈리아 중부 토스카나 지방에 6주 정도 빌라를 빌리기로 결정한 것은 그해 도쿄에 벚꽃이 피기 시작할 무렵이었다. 요 몇 년, 정확히는 1986년 오랫동안 살던 뉴욕에서 일본으로 옮겨 온 이후, 우리는 해마다 한 달이나 두 달 동안 다른 나라에 집을 빌려 생활해 보는 여행을 해 왔다. 딸은 태어나고 자란 곳이 외국이고 나도 20년 가까이 외국에서 살아온 터라, 이런 식으로 예전에 알던 지역이나 사람들과 교류하며 숨통을 틔우고 익숙하지 않은 일본에서의 생활과 균형을 맞추고 싶은 것이 처음의 이유였다.

그런데 장기간의 호텔 생활은 비용이 너무 많이 들었고, 음식은 직접 해 먹는 편이 훨씬 쾌적하다는 것을 알게 되었다.

그래서 어느 해 가을 파리에 집을 빌렸는데 중간에 친구가 개

입했음에도 불구하고 전대미문의 심술궂은 주인을 만나고 말았다. 반면 같은 프랑스라도 남쪽 지방인 프로방스에 집을 빌렸을 때는 좋은 주인을 만나 쾌적하게 생활할 수 있었다. 그때 이후 나는 유럽은 시골이 더 좋다고 생각하게 되었다. 내가 홋카이도의 시골 출신이라서 그런지 모르겠는데, 나이가 들수록 자연이 좋아진다. 가능하다면 유럽의 시골에 살면서 맛있는 야채나 과일을 마음껏 즐기고 싶다는 마음도 점점 커졌다. 특히 남프랑스에 머무른 뒤에는 궁극의 전원생활은 토스카나밖에 없다고까지 생각하게 된 것이다.

토스카나는 프로방스와 더불어 유럽인, 특히 영국 사람들에게 동경의 땅이었다. 뉴욕의 미국인들 사이에서도 잘 알려져 있어서, 유럽통인 친구들은 "토스카나에는 프로방스에 있는 건 다 있어. 신선하고 맛있는 식사, 멋진 풍경, 야채와 꽃의 향기… 없는 건, '프랑스 사람'뿐이지. 가려면 토스카나엘 가야지."라고 까탈스러운 프랑스 사람들을 비꼬아 말했는데, 내 경험으로도 그건 맞는 말 같다.

그런 토스카나에 대대로 살아온 백작 가문이 소유한 빌라 이야기를 처음 들은 것은 몇 년 전 파리에서 K양과 만났을 때였다. 그녀는 보나코시 백작 부부가 와인 홍보차 일본에 왔을 때 통역을 해 주었고, 그게 인연이 되어 카페차나에 있는 백작의 저택에 초대받았다. 그녀가 토스카나에서 막 파리로 돌아온 참에 우리를 만난 것이다.

"정말 꿈같았어요. 세상에 이런 천국이 있나 싶을 정도로 아름다운 환경이었어요. 르네상스 풍의 거대한 빌라에서 와인, 올리브유, 파스타는 물론 야채건 뭐건 자기네 농원에서 만들고 재배하더라고요. 요즘 세상에 그 정도의 부자가 자급자족 생활을 하다니요."

K양이 눈을 반짝이면서 보나코시 백작가의 사는 모습을 이야기해 줄 때 내 머릿속에는 이미 이번 여름의 계획이 완성되어 있었다.

오래된 빌라 안에 있는 유서 깊은 미술품이나 가구도 보고 싶고 웬만해서는 보기 어려운 이탈리아 귀족의 우아한 생활을 엿보고 싶다는 호기심도 있었다. 그러나 무엇보다 내 마음을 사로잡은 것은 야채나 파스타나 살라미, 치즈에 이르기까지 모든 것을 자기 집에서 장만해 먹는다고 하는 그들의 식생활이었다.

재료의 신선함을 그대로 살린 이탈리아 시골 음식은 원래부터도 좋아했다. 특히 파스타와 야채의 조합에다가 때로는 과일과 햄, 치즈를 곁들여서 갓 구운 빵을 먹는 심플한 식사는, 그즈음 나의 건강미용식으로 꽤 익숙해졌고 내가 좋아하는 기본요리의 하나이기도 하다.

건강미용식을 추구해서 간 곳이 이탈리아라고 하면 의아하게 생각할 사람도 있을지 모르겠지만, 한 마디로 "야채가 풍부하고 신선하기" 때문이다. 또 파스타로 섭취하는 탄수화물은 소화가 잘 되고 배에 부담이 안 되어 좋다.

물론 아무리 몸에 좋은 음식이라도 맛이 없다면 중병에 걸리지 않은 한 먹고 싶지 않다. 그래도 한때는 미식가였는데, 건강을 위한다며 맛있는 식사를 포기할 만큼 철저하지는 않다. 당분간은 맛있는 생활을 포기할 수 없다는 게 솔직한 마음이었다.

이듬해, 나는 K양에게 소개장을 받아 빌라를 빌리고 싶다는 뜻의 편지를 백작에게 바로 보냈다. 금방 답신이 왔다. 영지 안에 있는 빌라에는 이미 손님이 있어서 어렵지만 백작의 셋째 딸 부부가 가진 산속의 빌라라면 우리가 원하는 시기에 비어 있다고 했다. 항상 그랬듯이 나는 도착 날짜와 머무를 날수만 알려 준 뒤 그 날짜에 맞추어 필사적으로 일을 해치우고 일본을 떠났다.

이제 카페차나로

공항에서 세아노 마을까지의 길은 베네데타가 그려 준 지도대로 확실히 외길이었다.

도중의 트라토리아trattoria, 주로 그 지역의 가정식 요리를 내는 중저가 대중음식점에 들러 푸짐한 샐러드와 스파게티로 점심을 해결했다. 여행지에서는 싱싱한 야채를 충분히 먹는 것만으로도 기분이 좋아진다. 이탈리아에서는 언제라도 그게 가능해서 좋다.

세아노 마을에 들어가기 직전에 대형 슈퍼마켓을 발견하고 들렀다. 화장실 휴지 등 종이류, 유지류에다가 커피와 홍차, 천일염, 토마토, 주키니zucchini, 호박의 일종, 양상추를 사고 여러 종류의 치즈와 햄도 조금씩 썰어 달래서 산다. 갓 구운 빵을 사고 싶었지만, 그건 근처에서 좋은 빵집을 찾을 때까지 좀 미뤄 두고 우선은 토스카나 빵이라는 걸 사 둔다. 이 즉흥적인 구매가 나중에 큰 의미를 띠게 된다. 여행지에서 물과 화장지와 빵 그리고 화장실은 기회가 될 때마다 '확보'해 둘 것. 이것은 과거의 경험에서 배운 교훈이다. 어쨌거나 잘 알지 못하는 외국의 산중에서 사는 것 아닌가. 더구나 우리가 도착한 날은 토요일. 지중해 쪽의 가톨릭 국가에서는 일요일에 슈퍼마켓을 비롯해서 어느 가게나 문을 닫는다. 우리와 비슷하게 도착한 이웃의 벨기에 사람은 일부러 찾아와서 일요일 아침을 도대체 어디서 먹어야 하냐, 당신들이 먹는 아침식사는 도대체 어디서 사온 거냐고 물어보기도 했다.

그런데, 아, 세아노 마을에서 카페차나까지 가는 길을 잘 모르겠다. 도중에 마을 사람들에게 물어보면, 몸짓 손짓으로 "아아, 카페차나요, 거기 가려면 그쪽으로 계속 올라가면 돼요."라는 식으로만 가르쳐 준다. 한 농가에서 길을 물었더니, 필시 전 가족이 아닐까 싶을 정도로 많은 사람들이 자꾸 쏟아져 나와서는 저마다 이쪽이다 저쪽이다 하고 시끄럽게 떠들면서 가르쳐 주는데, 그게 이탈리아 말이라는 건 그렇다 치고 가르쳐 주는 방식이 뭔가 합리적이지 않다. 우리도 대충 알 것 같아서 차의 시동을 걸면 또 "그쪽으로 쭉 올라가서 나무가 있는 곳을 빙 돌아서"라고 말하는데, 산속이라 나무는 얼마든지 널려 있어서 아무래도 잘 모르겠다.

그래도 카페차나라는 곳은 이 마을에서는 누구나 알고 있었다. 베네데타가 "쉽게 알 거예요."라고 말한 건 이런 의미였나 하고 겨우 납득했지만, 어쨌거나 그렇게 알 만한 지점에 겨우겨우 다다르기까지 제법 헤매고 말았다.

뒤돌아보니, 이제껏 올라온 길 저 아래쪽에 세아노 마을 일대가 보였다. 선명하게 푸른 하늘과 짙고 옅은 녹음 사이에 오렌지색 지붕의 집들이 펼쳐져 있다. 피렌체 시가지가 희뿌연 안개 저편에 희미하게 보인다. 아아, 여기가 토스카나의 평원이구나. 그런 생각이 들자 미소가 저절로 지어졌다.

갑자기 커다란 사이프러스 가로수가 길 양편에 나타나 우리를 맞아들였다. 성으로 이어질 듯한 장엄한 어프로치다. 긴장이 된다. 드디어 말로만 듣던 르네상스 풍의 거대한 저택이 눈앞에 나타났다. 그게 후문이었다는 것은 나중에 알게 되었지만 그때는 그 문이 틀림없이 정문이라고 생각했다. 나는 어림잡아 3미터는 될 것 같은 중후한 느낌의 큰 문을 올려다보았다.

"여긴가?"

"주소는?"

"틀림없이 여긴 거 같아. 아, 초인종이 있다."

"눌러 볼까?"

곧 검은 머리의 청년이 문 저편에 나타났다.

"본 조르노Buon giorno, 아침이나 낮의 인사말, 여기가 카페차나지요? 베네데타 보나코시 부인 계신가요?"

"아니요, 지금은 안 계십니다만 누구신지요?"

청년은 이름과 용건을 물은 뒤 일단 안으로 들어갔다가 금방 돌아와서 말했다.

"지금 주인 필리포 씨가 맞이하러 오시니까 여기서 조금만 기다려 주세요."

이것도 나중에 안 거지만, 이 청년은 보나코시 집안의 장남과 함께 와인 제조를 담당하는 알베르토이다. 그의 누이는 일본에 합기도를 배우러 온 적이 있다고 한다.

잠시 뒤 하얀 랜드로버 한 대가 산 쪽에서 다가와 우리 차 앞에 멈추었다. 운전석에서 갈색 턱수염을 기른 사내가 웃으며 영어로 소리쳤다. "팔로우 미Follow me." 말하자마자 턱수염의 사내는 가속페달을 밟았다. "필리포 씨입니다."라고 알려 주는 청년의 목소리를 뒤로 하고 나는 N이 모는 차에 뛰어올랐다. 차는 한 대가 겨우 지나갈 정도의 산길을 거침없이 올라가기 시작했다. 가드레일도 무엇도 없는 가파르고 구불구불한 절벽길을 몇 차례나 꺾어지면서 반짝이는 초여름의 푸른 잎들이 만들어 낸 아치를 헤치고 나아간다.

풀향기가 차 안에 가득하다. 올리브 나무 사이로 희미하게 보이는 노란 꽃은 주네genêt, 금작화일까? 이 풍경은 프로방스와 똑같다.

"어두워지기 전에 도착해서 다행이야. 밤이면 좀 무서울 것 같아."

N이 중얼거린다. 정말이었다. 산길은 포장되지 않은 데다 좁고 급커브가 많다. 커브를 돌 때마다 오른쪽 또는 왼쪽으로 토스카나의 구릉지대가 파노라마처럼 펼쳐진다.

자그마하고 봉긋하게 솟은 은색을 띤 녹색이 올리브 밭, 초여름 바람에 에메랄드그린의 투명한 잎을 흔들고 있는 것이 포도밭, 그리고 푸른 하늘을 향해 짙은 녹색으로 서서 단호히 그 존재를 드러내는 것이 사이프러스. 이 세 가지 녹색의 농담濃淡이 마치 태피스트리처럼 복잡한 색 배합을 짜내고 있다. 완만한 산등성이 사이로 오렌지색 기와지붕과 구운 벽돌로 된 집들이 점점이 흩어져 있다. 이제 눈에 익어 친숙해진 토스카나의 풍경이다.

그래, 이건 어디선가 본 적이 있다. 이 기시감은 도대체 어디서 오는 걸까.

"다 빈치Leonardo da Vinci야…."

N이 말한다.

"「수태고지」의 배경이로군."

"정말! 그래, 그러고 보니 라파엘로 그림의 배경도 이곳 토스카나의 풍경이었네."

"르네상스 당시의 풍경이 별로 변하지 않았군."

나는 미술책과 피렌체, 파리, 뉴욕의 미술관에서 본 르네상스 그림의 배경을 실제로 눈앞에서 맞닥뜨린 기분이었다.

필리포의 랜드로버는 바퀴자국이 패인 좁은 자갈길을 돌멩이를 툭툭 튀겨 내면서 들어간다. 풀이며 나뭇가지들이 차창으로 불쑥불쑥 들어오고 뚝뚝 가지를 튕긴다. 뭔가 달콤한 꽃향기가 풍긴다 싶더니 갑자기 돌로 지은 집 한 채가 나타났다.

꽃과 푸른 잎의 빌라

차에서 내려 필리포의 뒤를 따라 집 앞에 선다.

"자, 여기가 당신들 집이요. 편히 쉬시오."

구운 벽돌과 돌로 된 벽에는 담쟁이가 얽혀 있고 두꺼운 나무 문과 오렌지색 기와로 된 집이다. 산비탈을 이용한 집은 1층이 주인집이고 2층이 우리 가족이 사용할 곳으로 현관은 따로 있다. 벽 한 면이 담쟁이로 덮여 있고 1층 현관 부근 등나무 아래에는 눈 아래로 보나코시가의 광대한 장원을, 멀리는 피렌체를 건너다볼 수 있도록 여섯 사람분의 의자와 탁자가 마련되어 있다.

우리가 묵는 쪽 현관의 돌계단에 서자 어디선지 꽃향기가 풍겨 온다. 살펴보니 현관문이 재스민과 장미로 뒤덮여 있고 꽃과 푸른 잎이 아치를 이루고 있다.

"모든 게 옛날 그대로 남아 있다니…."

나는 내내 거의 말을 잃은 채 거기 서 있었다.

"그건 그래요. 어쨌거나 여기서 우리가 할 일은 나무를 심는 일이지요. 지난해에는 5백 그루를 심었어요. 백 년 후에도 이 풍경을 그대로 자손에게 남겨 주려면 지금 이렇게 노력해야만 되지요."

나는 고개를 끄덕였다.

토스카나의 아침 안개

"이 집은 17세기에는 마구간과 창고였어요. 몇 세대에 걸쳐서 사람이 사는 집이 되었답니다. 우선 여장을 풀고 쉬시지요. 그러고 나서 야채는 밭에서 먹을 만큼 따 먹으면 되고 와인과 올리브기름은 원하면 우리 집 걸 나누어 줄게요. 참, 토끼는 좋아하나요?"

"좋아해요."라고 대답하자 딸이 내 팔꿈치를 찌른다.

"엄마, 애완용이 아냐. 토끼고기 얘기야."

"아, 아니요, 별로, 그다지…."

나는 당황해서 말을 바꾸었지만, 필리포는 이미 집 건너편에 있는 돌로 지은 커다란 토끼집으로 우리를 안내하고 있었다. 토끼들은 동그랗고 귀여운 눈으로 우리를 향해서 "어머나, 이렇게 모이시니 웬일이세요?"라고 말이라도 할 듯했다. 그 앞에서 필리포가 설명했다.

"여기서는 토끼하고 비둘기하고 꿩을 기릅니다. 원한다면 이 비둘기도 먹어도 됩니다. 우선은 웰컴 투 토스카나지요."

그때 보나코시 집안의 셋째 딸 베네데타가 다가와 악수를 청하며 손을 내밀었다. 피부나 머리털이 밝은 색이어서 이탈리아 사람이라기보다 북유럽 쪽 사람 같았다. 날씬하고 큰 키에 커다란 눈은 푸르고 깊다. 두 눈 사이의 간격이 넓고 턱은 네모났다. 의지가 강한 것 같은, 마치 바이킹을 연상시키는 북쪽 분위기의 미인이다. 반면에 필리포는 중간 키에 살집이 적당한데 뼈대가 굵어서 멕시코 지식인을 연상시키는 온후한 분위기의 남자다. 언뜻 보기에 앵글로 색슨계 같아서 물어보니 역시 스코틀랜드계 영국인의 피가 반 정도 섞였다고 한다.

토스카나 사람은 남부 이탈리아에서 흔히 볼 수 있는 작은 체구에 검은 눈, 검은 머리의 사람들과는 생김새가 전혀 다르다. 그런 의미에서는 같은 이탈리아인이라도 미국에 있는 이탈로 아메리카노(이탈리아계 미국인)와는 하나도 닮지 않았다.

"차오 도포(자, 또 봅시다)Ciao dopo."

필리포가 물러갔다.

반짝반짝 빛나는 채소밭

돌계단을 올라 장미의 문을 열고 안으로 들어가자 돌집의 서늘한 공기가 자동차 여행으로 땀에 젖은 피부에 기분 좋게 와 닿는다. 나는 여행가방의 내용물을 꺼내는 것도 답답해서 먼저 집 안 구석구석을 돌아다녔다. 바닥은 질그릇 색 타일을 깔았고, 부엌과 거실이 하나로 된 큰 방 한가운데는 오래 써서 낡은 나무 테이블이 놓여 있고, 꽃병에는 라벤더가 꽂혀 있다. 커다란 돌 난로, 소파, 식기 살강, 대들보 등 무엇 하나 소박하지 않

스파차벤토의 집

은 게 없지만, 세월을 거친 나무와 돌의 촉감에서 뭐라 말할 수 없는 풍치와 품격이 풍긴다.

부엌은 타일과 구운 벽돌로 짜 맞추었다. 머리 높이에는 나무로 된 물빼기 선반이 달려 있었고 거기에는 냄비와 접시 들이 빽빽이 놓여 있다. 하루 저녁에 스무 명의 손님을 충분히 치를 정도의 그릇과 설비가 갖추어져 있다고 한다. 대리석 싱크대 옆에는 나무로 된 파스타용 반죽판과 홍두깨, 소스용 냄비가 다섯 개나 있고 세몰리나semolina, 거칠게 빻은 파스타용 밀가루가 아직 뜯지 않은 자루째 놓여 있었다.

침실은 두 개인데 두 방 다 휘장이 달린 구식 침대가 있다. 베네데타가 갖다 놓은 갓 세탁한 리넨 시트와 테이블보가 매트리스 위에서 하얗게 빛나고 있었다. 침대 옆에도 화장실에도 라벤더와 들꽃이 꽂혀 있다.

집 안에 담쟁이가 얽힌 나무틀의 창문이 있는데, 어느 창으로 내다보건 산과 오렌지색 지붕의 집들이 보이는 게 꼭 르네상스 그림 속 풍경을 싹둑 오려 붙인 것 같다.

뒷마당에서는 주인집의 밭 쪽으로 나갈 수 있게 되어 있다. 이웃 마을 바케레토Bacheretto의 교회 탑이 보이는 곳에 파라솔이 달린 둥근 테이블이 나와 있다. 아침은 여기서 먹기로 한다.

콧구멍을 화하게 자극하는 냄새가 난다. 이 풀향기의 정체를 알아내려고 몸을 잔뜩 구부려 땅바닥을 살펴보니, 야생 민트처럼 작은 이파리의 허브가 발밑 일대에 잔뜩 자라고 있다.

"그놈은 주키니에 넣어서 볶으면 맛있지요."

돌아보니 필리포다.

"저쪽에 있는 건 로즈마리고 이쪽은 세이지요. 밭의 채소는 될 수 있으면 아침 이슬이 남아 있을 때 따는 게 좋아요."

경사지를 이용한 밭에는 바질, 양상추, 루콜라, 라디키오, 토마토, 주키니, 아티초크… 등등 꿈에 그리던 이탈리아의 채소밭이 붉은 석양을 받아 반짝반짝 빛나고 있다.

"뭐, 여기 들어오니까 먹을 것은 다 마련되어 있네. 물 정도만 슈퍼에서 사면 되겠네."

이 감동을 어떻게 전하면 좋을지 모르겠다. 이탈리아에는 20대부터 수도 없이 와 봤지만 올 때마다 로마나 밀라노, 베네치아 같은 도시에만 머물렀다. 이탈리아의 산속에서 생활하게 된 것은 태어나서 처음이다.

그 당시…라고 해도 벌써 이십 몇 년 전의 일이다. 내가 이 나라에 자주 다닐 때는 유럽에서 리조트라고 하면 역시 바다였다. 당시 나는 왠지 데카당한 분위기를 풍기는 프랑스의 코트다쥐르나 이탈리안 리비에라에 사로잡혀 있었다. 토스카나의 산속에서 휴가를 보내는 건, '촌스럽고 노인네 취향'이라고 생각했기 때문이다.

"… 꿈같아요."

"뭐가요? 이 밭이요? 아니면 풍경이요?"

"모두… 이 모든 것이."

"그래요? 우리한테는 이게 일상이에요. 하긴 도쿄 같은 도시에서 생활하면 이렇게는 살 수 없겠지요. 전원생활을 맘껏 즐기세요."

히피였던 주인

필리포와 베네데타는 둘 다 40대. 아홉 살과 네 살의 두 아들이 있다. 보나코시 집안의 셋째 딸 베네데타와 어떻게 해서 맺어졌는지는 모르겠지만, 토막토막의 이야기를 이어 보면 필리포는 나와 마찬가지로 20대의 청춘을 미국 샌프란시스코에서 보냈다. 세대를 알게 되니 퍼뜩 떠오르는 건 단 하나. 그 또한 반역의 젊은이에 다름 아니었다.

"어쩐지 영어를 잘하더라. 그럼 히피?"

"그래요, 바로 그래요! 당신도?"

"프리섹스와 마리화나와 반전反戰… 이 모든 걸 빠짐없이 실행했다고는 할 수 없지만, 그 시절 나는 뉴욕에 있었지요."

"하하하, 알아요, 알겠어요. 야, 그립다. 그 당시 나는 팝 아

the Kichen of
Spazzavent House, Toscana

SPAZZAVENTO,
TOSCANA

티스트였답니다. 그때의 미국은 좋았는데. 어쨌거나 희망이 있었지."

"지금은, 없어요?"

"아니, 우리가 나이를 먹었을 뿐이지요. 그렇지만 희망은, 자, 여기 있지요. 이 대지에."

바케레토 마을의 교회 탑에서 여섯 시를 알리는 종소리가 울려왔다. 필리포가 두 팔을 뻗어서 근처 일대를 끌어안는 몸짓을 했다.

"산, 나무, 동물 그리고 아이들에게 이 모든 것을 남겨 주는 것. 이것이야말로 희망이지요."

보나코시 집안의 사위 필리포 판토니는 그래서 맑은 날에는 이른 아침부터 밭을 갈고 광대한 산에 나무를 심고 말이나 가축을 돌본다. 비가 오는 날은 하루 종일 모차르트를 들으며 그림을 그린다. 취미는 요리와 독서다. 자신 있는 요리는 토끼고기 탕과 꿩 요리와 피자라고 한다. 매주 월요일에는 대량의 책과 CD를 사러 피렌체까지 나들이를 한다. 비 오는 날 저녁을 난로 옆에서 보내기 위해서 말이다. 아내 베네데타는 그녀의 친정 보나코시 백작 집안의 가업인 카페차나 브랜드 와인의 홍보일을 돕고 있다.

바람이 불어왔다. 피렌체 방향이 점차 저물어 가고 어디선가 모닥불 냄새가 풍겨 왔다.

"오븐 사용법은 나중에 설명하지요. 차오 도포."
내일은 아침 일찍 일어나서 밭의 야채부터 따 볼까.

유럽의 고향 토스카나

고대 로마의 식민지로 역사에 등장하는 피렌체는 직물 산업 중심의 자유도시로 발전, 13세기에는 르네상스를 꽃피워 대예술가들을 잇달아 배출했다. 이탈리아어의 토대를 닦은 단테Dante, 근대 회화의 선구 조토Giotto, 건축을 예술의 경지로 끌어올린 브루넬레스키Brunelleschi…. 후기 르네상스의 주연 다 빈치와 미켈란젤로를 길러 낸 것도 이 고장이다. 피렌체 교외에는 큰 번영을 누렸던 은행가 메디치가의 별장이 여러 개 세워졌다. 보나코시 백작가의 빌라 디 카페차나도 그중 하나. 르네상스의 창조적 에너지를 낳은 것은 다름 아닌 아름답고 조화로운 토스카나의 자연인지도 모른다.

개성 풍부한 토스카나의 와인 창고

유명한 포도주는 이탈리아 각지에 있는데, 포도주를 고르는 기준 가운데 하나는 명칭과 산지를 한정하는 DOC(원산지통제호칭) 시스템이다. 엄격한 심사를 통과한 가장 높은 DOCG 등급의 와인은 겨우 13종. 그중 거의 반이 토스카나 와인이고, 카페차나가 있는 카르미냐노Carmignano도 포함된다. 카페차나 브랜드의 적포도주는 토스카나 고유 품종에 타 지역 품종 10퍼센트를 블렌드했다.

메디치가의 전통 기법에 현대 감각을 가미한 시도가 주목받고 있다. 포도는 여러 가지로 모습을 바꾸어 식탁을 빛낸다. 이탈리아 판 소주라고 할 수 있는 그라파Grappa는 포도주를 짜고 남은 찌꺼기로 만드는 브랜디. 마르살라Marsala주는 시칠리아Sicilia 특산의 단맛 와인. 아체토 발사미코aceto balsamico는 토스카나 지방의 북쪽에 이웃해 있는 에밀리아 로마냐Emilia-Romagna 지방에서 나는 포도를 재료로, 복잡한 작업 공정을 거쳐 만들어지는 향기로운 술이다.

색, 맛, 향 삼위일체로 즐기는 올리브유

보나코시 백작가의 올리브유

5월 무렵에 작은 크림색 꽃이 피고 여름에 진한 녹색 열매가 열리는 올리브. 9월에 열매가 가장 크게 자라고 색깔은 황록색이 되며, 가을에는 보라색으로 변화한다. 토스카나 지방에서는 11월부터 1월에 올리브를 수확하는데, 완숙 직전에 손으로 따서 24시간 이내에 짠 것이 최고급의 엑스트라 버진extra virgin 올리브유가 된다. 산가酸價(산화의 정도) 4퍼센트 이하가 식용으로 쓰이는데 엑스트라 버진이라는 명칭을 쓸 수 있는 것은 산가 1퍼센트 이하의 것. 올리브유 생산량이 세계 최고인 이탈리아에는 크고 작은 1만 개 이상의 제조자가 있다. 대량 생산을 하는 업체가 많은 남부 이탈리아에 비해 중부나 북부에는 카페차나처럼 귀족의 농원에서 옛날 방식으로 만들어 가까운 곳에만 알려진 것이 적지 않다.

올리브유를 보관하는 항아리

보나코시 백작가의 올리브유 공장

둘

빌라의 아침은 루콜라 따기로 시작되었다

갓 구운 빵과 엑스트라 버진 올리브유

텔레비전도 라디오도 전화도 없는 산의 아침은 새들의 지저귐과 교회 종소리와 함께 밝아 온다.

날이 밝기 무섭게 눈을 떠서 나는 세수를 하는 둥 마는 둥 하고 우선 밭으로 나가 보았다. 아침 이슬에 맨발을 적시면서 루콜라, 양상추, 바질, 주키니 등을 딴다.

태양이 막 떠오르고 있다. 뒷마당의 테이블에 갓 따 온 야채와 이웃 마을에서 사온 토스카나 빵을 늘어놓았을 때 제법 진한 이탈리아 커피의 향기가 피어오른다. N은 '모처럼 토스카나에 왔으니까'라면서 슈퍼마켓 식품코너에서 조금씩 썰어 온 이 고장 햄이랑 치즈를 늘어놓고 대충 맛을 비교해 보고 있다.

이 지역 빵은 토스카나 빵이라 알려졌는데 소금기가 없고 이빨이 잘 안 들어갈 정도로 딱딱하다. 바게트나 크루아상처럼 부드러운 빵에 익숙해진 입맛에는 좀 별로지만 익숙해지면 이 또한 묘미가 있다. 짠맛이 강한 생햄이나 치즈에는 맛이 없는 빵이 제격이라는 말 같기도 하다. 아니면 그 옛날 아직 소금이 귀중품이었던 시절의 잔재인지도 모른다.

이 지역 사람들처럼 갓 구운 빵에 고급 올리브유를 발라서 먹어 보았는데 올리브의 향과 빵의 씹는 맛이 놀랍게도 잘 어울린다. 올리브유는 카페차나 특제의 첫 번째 짜낸 것(엑스트라 버진 오일)을 주인집 지하실에 보관된 큰 질그릇 병에서 나누어 받았다. 토스카나의 서부, 카페차나가 있는 카르미냐노 지방은 13세기 말부터 양질의 올리브유 산지로 정평이 나 있다. 최고급의 엑스트라 버진은 초겨울쯤 수확하여 손으로 짠 제품으로 산미가 적다. 보관에는 햇빛이 닿지 않고 6도 정도의 저온이 유지되는 지하실이 이상적이다. 이 부근의 농가에서는 질그릇 병에 넣어서 1년분을 보관하는 것 같다.

파라솔 아래서 아침을 먹고 있는데 개 세 마리에 꿩과 고양이, 비둘기와 말까지 모여들었다. 두 마리는 주인집 개고 한 마리는 식객이다. 다른 동물들은 그냥 모여드는 '산속의 친구들'이라고나 할까.

아침식사가 끝날 무렵 달깍달깍 기계음이 나기에 돌아보니 필리포가 한창 풀을 베고 있다. CD로 모차르트라도 듣고 있는지 귀에는 이어폰이 꽂혀 있다. 이쪽을 보고 손을 흔들며 다가왔다.

"차오! 일찍 나오셨네요."

"예, 이렇게 좋은 아침에 자고 있기는 아까워서요."

"내일은 비가 와요. 바람도 부니까 창문은 꽉 닫아 두세요. 산지의 폭풍우는 어마어마합니다. 전기가 끊어지고 밖에는 한 발짝도 못 나갈 정도로 바람이 심해요."

"그래요? 어떡하나…."

"어쩔 수 없지요. 그렇지만 그건 내일 일이고 오늘은 괜찮아요. 자, 오늘 저녁에는 기분이 내키면 피자를 구울 테니까 저녁은 준비 안 해도 될 거예요. 그렇게 되면 여덟 시에 모이는 겁니다."

그의 기분이 내키지 않으면 저녁식사는 어떻게 하는 건가 하는 생각이 들었지만, 이곳에서는 예정이라는 게 늘상 이래서 누구나 "수요일 오후라도" 하는 식으로 아주 대충 얘기한다. 날씨나 다른 사정 그리고 기분에 따라 예정대로 되기도 하고 안 되기도 하는 것 같다. 애당초 예정 같은 게 있을 리 없는 나그네로서는 이런 애매함이 오히려 편하다. 본래 인간이란 언제나 기분이 내켰다 안 내켰다 하는 존재 아닌가.

마음속으로는 '필리포여, 기분이 내키시길' 하고 바라면서도 지나치게 기대하지는 않으려고 차도 마시고 책도 읽었다. 그래도 내심 필리포가 부르기를 기다리고 있는데, 옳지, 여덟 시 정각에 밖에서 큰 소리가 들려왔다. "어어이, 5분 후에 피자를 굽습니다, 빨랑 오세요!"

걸작 루콜라 피자

N과 나는, 애타게 기다리던 건 내색도 하지 않고 유유히 책을 놓고 일어나서 주인집으로 이동한다. 못 듣던 목소리가 들린다. 그 주인공은 주인집 아이들에게 펜싱을 가르치는 파우스티노였다. 그는 매주 주말이면 여기 와서 아이들에게 펜싱을 가르치고 식사를 하고 돌아간다. 그밖에도 매주 오는 낯익은 사람들이 몇 있는데 누구라도 가족처럼 친근하게 지내는 것 같다.

등나무 아래를 지나 현관에 들어서자 부엌이 달린 커다란 거실이 나왔다. 16세기에 만든 것을 그대로 쓰고 있다는 돌로 된 커다란 오븐 안에서 장작이 따닥따닥 불꽃을 일으키며 빨갛게 타오르고 있다.

"자, 무얼 구울까? 원하는 걸 말해 주세요, 뭐든 좋아하는 걸 구워 줄게요."

온몸이 밀가루투성이가 된 필리포가 한창 피자 반죽을 뭉쳐서 지름 25센티미터 정도의 크기로 평평하게 미는 중이다. 그리고 긴 막대가 달린 나무주걱 같은 것으로 피자를 차례차례 오븐에 넣고 구워진 것을 꺼낸다. 나무 반죽판 또한 16세기, 이 집이 마구간이었을 때부터 쓰던 거라고 하는데, 지금 그 위에는 밀가루 반죽 말고도 프로슈토(생햄)prosciutto, 소시지, 집에서 만든 토마토소스, 치즈, 안초비 등이 그릇에 담긴 채 늘어서 있다. 꼭 피자집 같다.

"먼저 고전적으로 마르게리타로 시작합시다."

"좋아, 됐다."

마침내 오븐 속에서 토마토소스가 톡톡 거품을 내는 가운데 하얀 모차렐라 치즈가 걸쭉하게 녹은 뜨거운 피자를 꺼냈다. 곧바로 파우스티노가 토막을 내자 그의 아내인 의사 실비아가 각자에게 접시를 건넨다.

이건 예전에 알던 피자 맛과는 뭔가 다르다. 구워진 반죽은 향기롭고 씹을 때는 강한 찰기가 느껴진다.

"당연히, 피자집 것과 같을 리가 없지. 시내에서 파는 건 윤기를 내기 위해서 벌꿀을 쓰고 시간이 지나도 팔 수 있도록 설탕을 넣으니까요."

"자, 다음은 뭐가 좋을까?"

"프로슈토와 풍기(버섯)fungi가 좋겠네."

"그럼 그걸로 할까요?"

"안초비와 양파."

"삼빡하게 주키니와 토마토만 넣는 게 좋겠어. 슬슬 배도 부르잖아."

"가벼운 게 좋으면 루콜라 피자는 어때요?"

"루콜라 피자라고요?"

그때 밖에서 두 아이가 몸의 절반은 될 것 같은 커다란 그릇을 구령을 맞춰 가며 들고 온다. 그릇 안에는 밭에서 금방 딴 루콜라와 푸성귀들이 수북하다. 베네데타가 수돗물로 흙을 씻어 내고 물기를 잘 털어서 그릇째로 테이블 한가운데 턱 놓는다.

필리포는 평평하게 민 반죽에 올리브유만 발라서 오븐에 넣는다. 뜨겁게 구워졌을 때 그릇 안의 루콜라를 손으로 집어 피자 위에 수북이 얹는다. 거기에 다시 올리브유와 천일염을 뿌려서, 말하자면 뜨거운 피자로 만든 접시에 차가운 야채를 얹어 호호 불어 가며 두 손으로 먹는다. 피자의 향기가 콧구멍을 자극하고 동시에 루콜라의 쓴맛이 입 안에 퍼진다. 올리브유의 자극이 혀 안쪽에 미묘한 맛의 쾌락을 보내 준다… 음, 이런 미각 체험은 처음이다.

아, 맛있다! 더 먹고 싶다. 이건 피자의 걸작이다. 같은 식으로 프로슈토를 더한다든가 토마토나 주키니도 시도해 보았지만 나는 오직 뜨거운 피자에 루콜라를 듬뿍 얹고 올리브유만을 더한 단순함을 사랑한다.

문득 일본의 배달 피자가 생각난다. 첨가물을 넣은 토마토를 썼는지 아니면 반죽할 때 설탕을 넣은 건지 미묘한 단맛이 혀에 남는 게 특징인데, 그 피자는 피자이되 피자가 아니다. 일본의 스파게티가 소시지와 양파를 볶아서 토마토케첩으로 맛을 낸 '나폴리식'이다 보니 이탈리아 파스타 요리에 대한 편견이 아직 남아 있듯이, 냉동 피자건 배달 피자건 본고장의 맛과는 거리가 멀다. 이런 식으로 원재료를 살려서 단순하게 만든 피자가 일본에도 보급된다면 얼마나 좋을까.

시골정취 물씬한 와삭와삭 샐러드

피자 다음에는 샐러드인데 그들, 산 사나이들이 샐러드 먹는 모양을 잘 보시라.

우선 양이다.

보통 양이 아니다.

밭에서 금방 따 와서 씻기만 한 여러 종류의 양상추를 커다란 그릇에 하나 가득 담아 테이블에 놓는다. 찢거나 썰어서 내놓는 것도 아니고 드레싱으로 버무려서 담아내는 것도 아니다. 그냥, 밭에서 따낸 그대로다. 먼저 야채를 듬뿍 손으로 집어 온다. 왼손의 검지와 엄지로 야채를 잡고 오른손에 쥔 나이프로 야채를 접시 위에 끊어 놓는다. 이것이 남자의 샐러드.

그럼 여자의 샐러드는 어떤 거냐면, 같은 일을 오른손의 나이프와 왼손의 포크를 사용해서 접시 위에서 실행한다. 그러고 나면 양쪽 다 대충 자른 야채가 자기 앞 접시에 수북이 쌓이게 된다. 양이 정해지면 다시 접시를 도마 대용으로 써서 야채를 더

활기찬 채소밭

카르초피
Carciofi
기원전 5세기부터 재배되는데
구형의 봉오리는 적당히
연하다. 은백색의
커다란 카르도
cardo도
같은 종류.
바질
Basilico
바
질
밭
CARCIOFO
(ARTICHOKE)
at
Spazzavento
MELANZANE VIOLA
가지
Melanzane
라투가
Lattuga
양상추의 총칭. 둥글고 커다란 카푸
초cappuccio, 길쭉한 로마나romana,
잎만 파는 라투가 디 탈리오lattuga di
taglio 등이 있다.
피노키오
Finocchio
회향茴香.
순은 겨울에
비타민이
풍부하다.
FINOCCHIO
2개 450리라
RADICCHIO ROSSO
2개 1920리라
Lattuga
붉은 양상추
라디키오 로소
Radicchio Rosso
치커리의 일종. 붉은 보라
색으로 쓴맛이 있다.

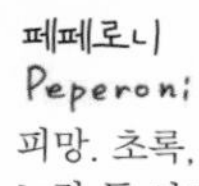

페페로니
Peperoni

피망. 초록, 빨강, 노랑 등 여러 색깔이 있는데 어릴 때는 모두 초록색. 모양도 여러 가지. 그로숨 grossum은 크고 룽고 마르코니 lungo marconi는 작다.

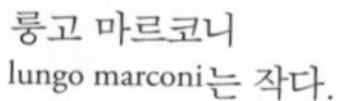

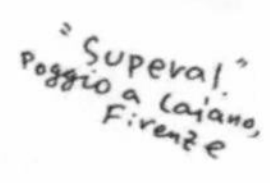

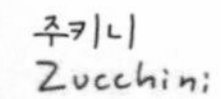

주키니
Zucchini

호박의 친구, 둥근 것과 길쭉한 것이 있다. 꽃도 먹는다. 아침 일찍 수확해서 될 수 있으면 바로 조리한다.

6월 28일 아침 at Spazzavento
주키니 꽃이 피었다.

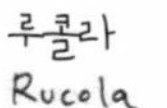

루콜라
Rucola

로마 주변에서는 루게타 rughetta라고 한다. 재배의 역사가 오랜 것 중 하나로 아몬드 같은 향기가 매력적.

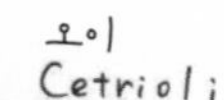

오이
Cetrioli

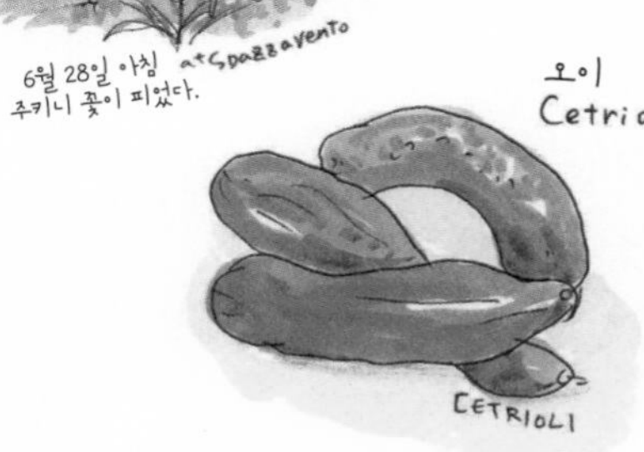

토마토
Pomodori

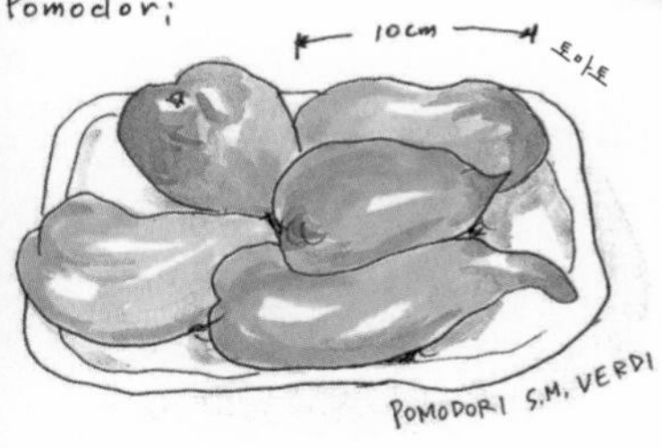

파슬리
Prezzemolo

PREZZEMOLO
파슬리 밭
at Spazzavento

잘게 자른다. 그 위에 올리브유, 레몬, 발사믹 식초, 소금, 후추 등을 입맛대로 뿌리고 잘 섞어 자신의 맛을 만든다. 이것을 몇 번이고 반복하기 때문에 꽤 많은 양의 야채를 먹게 된다.

얼마나 시골정취 물씬한 야채 먹기인가. 나는 이것을 곧잘 '개인주의적 와삭와삭 샐러드'라고 부른다. 이제는 우리 집에서도 이 방식으로 바꾸어서 이전보다 훨씬 더 많은 야채를 먹게 된 것 같다.

그럼에도 불구하고. 이런 샐러드를 마주할 때마다 일본의 음식점에서 나오는 샐러드의 빈약함이 생각나 정말 화가 난다. 약간의 양상추에 투명하게 비칠 만큼 얇게 썬 오이가 두 쪽, 반으로 자른 토마토가 한 개, 무 싹 몇 닢을 앙증맞게 작은 접시에 담아 내온다. 심할 때는 양상추는 위에 한 장뿐이고 그 아래는 양배추 조각으로 '높은 바닥'을 만든다. "드레싱을 안 치니까 레몬을 좀 주세요."라고 말하기라도 하면 큰일이 난다. "아, 예, 조금만 기다려 주세요."라고 할 뿐 오랫동안 돌아오지 않는다. 이제 돌아왔나 보다 하면 "저… 드레싱은 이미 뿌렸다는데요." 하고 나온다. 좀 심한 거 아닌가. 샐러드처럼 신선도가 생명인 음식을 미리부터 만들어 놓다니. 게다가 한바탕 소동 끝에 가져온 레몬은 홍차용으로 얇게 썬 거라는 식이다. 언젠가 한번은 샐러드용 레몬을 달라니까 반원형으로 자른 것 두 쪽에 파슬리 장식을 붙여서 작은 접시에 보기 좋게 담아 내왔는데, 맙소사, 3백

엔의 추가요금이 붙었던걸요! 같은 주문을 산 레모San Remo의 레스토랑에서 했을 때는 그릇에 레몬을 수북하게 담고 나이프까지 얹어서 가져왔습니다! 물론 공짜로.

나는 앞에 쓴 것처럼 형편없는 샐러드가 나왔을 때는 못마땅하다는 의미로 손도 대지 않는다. 그런데 한번은 손대지 않은 샐러드를 그대로 유리 진열장에 넣는 집을 보았다. 여간내기가 아닌 나도 기절초풍할 정도로 충격을 받았다. 아무래도 제대로 된 야채를 본격적으로 배불리 먹는 손님이 있다는 사실을 일본의 셰프들이 모르시는 게 아닐까? 샐러드가 칵테일에 따라 나오는 체리처럼 장식이라는 생각은 이제 진지하게 재검토했으면 좋겠다.

강렬한 그롤라 커피

디저트는 산속 식사에 딱 어울리는 수박이다. 이탈리아에서 코코메로cocomero 또는 앙구리아anguria라고 하는 수박을 속까지 차갑게 해 놓았다.

"이제 커피나 마셔 볼까."

"아, 그롤라grolla로 합시다." 파우스티노가 제안을 한다.

이 낯선 단어는 이탈리아 북부, 프랑스와 스위스에 국경을 접한 산악지방에 전해지는 커피 마시는 방식인 것 같다. 산에 사는 필리포는 물론 파우스티노도 그롤라라는 말이 나오기만 해도 입맛을 다시는 듯한 표정을 짓는 걸 보면 틀림없이 아주 특별한 커피일 것이다. 오늘 저녁은 그걸 만드는 법과 맛보는 법을 차분하게 보고 배우기로 하자.

먼저 원두를 갈아 에스프레소 커피를 만든다. 그것을 벚나무를 깎아 만든 둥글넓적하고 주둥이가 여섯 개 나 있는 토기처럼 생긴 물건에 붓는다.(그림 참조)

금방 따른 그 뜨거운 커피에 설탕과 그라파Grappa를 넣어서 꽤 오래 휘젓는다. 마지막으로 그 위에 성냥불을 붙여서 그라파의 알코올 성분을 태워 버린다. 모두 함께 푸른 불꽃을 지그시 바라보고 있으면 뭔가 기묘한 연대감이 솟아오른다.

그걸 어떻게 마시냐 하면, 처음에 틀림없이 주둥이라고 생각했던 여섯 개의 구멍에 직접 입을 대고 돌려가며 마시는 거다. 아주 원시적인 방법인데, 이게 정식이라고 한다. 한 개의 다완茶碗으로 돌려 마시기를 하는 다도茶道 작법 중 하나가 생각난다.

먼저 필리포가 한 모금 마신다. 다음에 N이 홀짝 마시더니 헉 소리를 내고 몸을 뒤로 젖힌다. 그러면 그렇지. 그라파와 설탕과 이탈리안 에스프레소다. 강렬한 트리플 펀치를 한 방에 먹은 것이다. 벌써 3년 동안 설탕도 알코올도 끊고 있던 나는 냄새를 맡는 것만으로도 띵 하고 현기증이 날 정도다. 벚나무 향 또한 뭐라 말할 수 없는 데카당한 분위기를 자아낸다.

나는 손을 흔들며 '통과'시킨다. 내 옆자리의 필리포와 파우스티노와 N이 기묘한 모양의 그롤라를 번갈아 두 손으로 껴안고서는 마치 엄마 몰래 '맛난 음식'을 훔쳐 먹는 사내아이들 같은 미소를 만면에 띠고 있다.

"말하자면 북쪽풍의 마시는 법이네요."

"그건 그래요. 프랑스에 가깝지요."

"근데 프랑스 사람과 이탈리아 사람은 얼굴만 보면 꼭 닮았어요. 특히 이탈리아 북쪽 사람은 정말 비슷하던데 어떻게 구분하나요?"

"프랑스 남자요? 아니면 여자요? 남자와 여자는 다르니까."

"흠, 의미를 모르겠지만… 일단 여자요. 프랑스 여자와 이탈리아 여자의 다른 점은 뭘까요?"

필리포가 그롤라를 움켜쥐고 큰 잔에 입을 대는 몸짓으로 한 모금 마시고 나서 소매로 입가를 닦았다.

"그건 말이죠… 프랑스 여자가 더 예쁘다고 할까, 남자의 관심 끄는 방법을 안다고나 할까. 옷 입는 것도 이탈리아 여자들이 좀 촌스럽지요, 우리 집 여자들에게는 비밀이지만."

남자들은, 베네데타와 실비아가 옆의 거실 쪽에서 대화에 열중하느라 지금 하는 이야기는 듣지 못한다는 것을 살짝 확인한다.

유리 그릇에 수북이
루콜라+양상추 샐러드 원하는 양만큼 덜어서
올리브유, 식초, 소금 등을 친다

집에서 만든 파르미자노 치즈,
모차렐라 치즈, 버섯, 양파,
안초비 피자 (산 미요 열매도)

파우스티노
(펜싱 선생)
북이탈리아의
그롤라를 만드는
파우스티노
GROLLA
여섯 개의 구멍으로
한 사람씩 마신다.
나무향이 난다.
필리포
벚나무로 만든 용기에
그라파, 설탕, 커피를 넣는다
가운데 홈에 불을 붙여
알코올을 태운다
피자를 만드는 필리포

식탁의 화제는 프랑스인

필리포와 파우스티노가 그롤라를 마시는 속도가 조금 더뎌지기 시작했다.

"그런데 프랑스 사람도 남쪽으로 가면 이탈리아 사람 비슷해지는 거 같아. 파우스티노, 그렇지 않아?"

"아니, 이탈리아 사람은 그리스 사람 닮았지. 아주 마초적인 게."

유럽에 가면 이웃나라 사람들끼리의 비교 놀이에 반드시 휘말리게 된다. 여기서도 시작되었다.

"프랑스 남자들은 까다롭고 복잡한 표정을 짓는 데는 선수지. 젊은 여자들이 거기에 약한 건 만국공통이지만."

"프랑스 사내녀석들이 이탈리아 남자와 가장 다른 점은…."

필리포가 다시 셔츠 소매로 수염에 묻은 커피를 닦고 나서 말을 이었다.

"그놈들은 추잡하단 말이야."

"하는 짓이? 여자에게 치근대는 거 말이에요?"

"아니, 아니, 여자에게 치근대는 거라면 이탈리아 남자도 충분히 추잡하니까요. 당연히 불결하다는 의미지요. 프랑스 놈들은 하여튼 냄새나고 더러워. 우리 빌라도 프랑스 사람한테는 안 빌려 주기로 했지."

베네데타가 돌아왔다. '프랑스 사람'과 '더럽다'는 말이 귀를 스친 듯 즉각 반응했다.

"그래요, 맞아요. 프랑스 사람한테 집을 빌려 주면 나중에 청소할 때 3일은 걸려요. 그 사람들 불결한 건 말도 못해요. 그 점에서 독일 사람이나 네덜란드 사람들은 정말 깨끗해요. 그리고 영국 사람, 그 사람들도 불결해요. 설거지한 그릇을 세제가 묻은 채 사용하지요. 목욕을 하고도 그런 식으로 비누를 씻어 내지 않은 채 옷을 입고, 머리 감고 린스도 안 해요."

이곳 토스카나의 격의 없는 식사 자리에서는 프랑스 사람 얘기가 화제에 오르기 십상이다. 가깝고 닮은 점이 많은 만큼 서로 신경 쓰이는 존재일 테지만, 토스카나와 프랑스 사이의 복잡한 역사도 얽혀서 한몫하는 듯하다. 그들은 곧잘 라이벌의식을 드러내고 서로 비평하는 걸 놀이 삼는 것 같다.

국민성과 청결도에 관한 데이터에서는 확실히 베네데타를 당할 수 없다. 그녀는 빌라 손님들과 교류하며 풍부한 체험을 해왔기 때문이다. 한편, 이탈리아 사람들의 세탁 취향이랄까 청결 취향은 여러 경우 실감했지만, 이 빌라의 여주인 베네데타보다 더한 사람은 별로 없을 것 같다. 빌라 손님의 시트와 베갯잇에는 매번 풀을 먹여 다리미질까지 하는 정성을 들이고, 돌로 된 집의 바닥과 창도 정말 잘 닦아 놓는다. 단벌인 줄 알았던 면 셔츠와 바지도 잘 보니까 같은 색조의 두 벌을 가지고 번갈아 세탁을 해서 밖에서 말린다. 사치나 멋내기와는 거리가 먼 검소한 생활이지만 어쨌건 간에 청결한 건 틀림이 없다.

파우스티노와 필리포는 아직도 그롤라를 부여잡고 있다. 베네데타가 불결한 프랑스인의 에피소드를 몇 가지 더 얘기하자 파우스티노가 나를 향해 말했다.

"청결하지 않은 만큼 프랑스 사람들은 예술가인 거예요. 결벽하고 깨끗한 걸 좋아한다면 비평가는 될 수 있어도 예술가는 못 되니까요."

필리포가 즉각 반론을 폈다.

"말도 안 돼! 다 빈치도 미켈란젤로도 다 이탈리아 사람이야."

"아냐, 다 빈치나 미켈란젤로 같은 이탈리아 사람은 모두 프랑스로 가 버렸잖아, 그 옛날에."

"파우스티노, 당신은 유고 출신이라 제대로 된 이탈리아 역사를 몰라. 외국 사람에게 그런 틀린 얘기를 해 주면 안 되지."

그때 실비아와 베네데타가 작은 소리로 소곤거리는 게 들렸다.

"저 이들, 아까부터 도대체 무슨 얘길 하는 거야?"

베네데타가 하품을 참으면서 대답했다.

"저 사람들, 그냥 좀 취한 거야."

셋

보나코시 백작가의 화려한 오찬 ㅡ여름

메디치가 이래의 빌라

빌린 집 부근은 통칭 스파차벤토Spazzavento라고 부른다. '돌풍이 분다'는 뜻이라는데 이름처럼 정말 바람이 센 곳이다. 토스카나에서 여름을 지내기로 결정했을 때 맨 먼저 내 눈앞에 떠오른 것은 올리브 밭과 포도밭이 내려다보이는 구릉지의 마당에 파라솔이 달린 둥근 테이블을 내놓고, 아침도 점심도 오후의 차도 그리고 긴 여름날의 저녁식사도 모두 그 테이블에서 해결한다. 다시 말해 하루 온종일 토스카나의 태양과 녹음과 꽃 냄새에 둘러싸여 집 밖에서 지내는… 그런 나날이었다.

여기는 경치도 좋고 주변에 가득한 색깔, 냄새, 소리도 그렇고 모든 면에서 나의 꿈을 완벽하게 만족시켜 주는, 정말이지 염원하던 집이었다. 단 하나, 오후가 되면 어김없이 불어오는 돌풍만 제외하면.

어느 날 다 빈치가 태어난 고향 빈치 마을에 다녀왔더니, 아침 먹고 나서 책을 읽느라고 햇빛가리개로 쓴 뒷마당의 노란 파라솔이 사라졌다. 대체 어디로 가 버렸을까 여기저기 찾아다니는데 마침 딸 베네데타에게 볼일이 있어 찾아온 백작부인 리자가 파라솔을 두 팔에 받쳐 들고 현관 계단에 나타났다.

"저쪽 산길까지 날아왔던걸요. 바람에 주의하세요. 그런데 다음 주 수요일에 점심 드시러 오지 않겠어요? 토스카나식으로 간단한 걸 준비할 테니까요."

받아든 파라솔을 꽉 끌어안고 나는 어린애처럼 커다랗게 고개를 끄덕였다.

"예, 물론이지요. 콘테사(백작부인)contessa, 기꺼이."

이 순간을 얼마나 애타게 기다렸던가. 베네데타의 안내로 카페차나 영지를 한 바퀴 돌아본 것이 불과 이틀 전의 일이었다. 빌라 디 카페차나Villa di Capezzana로 알려진 이 영지와 건물들이 사실은 르네상스 시대의 유서 깊은 장소였다는 걸 안 것은, 이듬해 다시 이곳에 머물며 피렌체의 책방에서 『LIVING IN TUSCANY(토스카나의 생활)』라는 호사스러운 책을 우연히 손에 넣었을 때였다. 귀족들의 빌라를 특집으로 한 그 두터운 책의 앞머리에 뜻밖에도 보나코시가의 역사와 미술품이 사진과 함께 소개되어 있었다. 나는 그 책을 보기 전에는 이 백작가의 역사에 대해 전혀 아는 게 없었다.

이 빌라의 역사는 매우 오래되었다. 라틴어 기록에 따르면 일대의 포도밭이나 올리브 밭은 서기 804년까지 거슬러 올라간다고 한다. 현재의 건물과 영지는 원래 15세기 말에 메디치가의 딸들 중 하나가 부모로부터 받은 결혼선물이었다. 그 후 부르봉 델 몬테Bourbon del Monte 후작, 아디마리 모렐리Adimari Morelli 백작, 프란케티Franchetti 남작 그리고 현재의 보나코시 백작의 선대까지 이어 내려와 지금에 이르렀다고 한다. 현재는 카르미냐노 와인의 생산지로서 이탈리아에서 가장 유명한 빌라 중 하나라고 한다.

그런데 그 빌라가 대체 얼마나 넓은가 하면, 우선 부지가 전부 해서 655헥타르, 그중에 포도밭이 90헥타르, 올리브 밭이 140… 하고 숫자를 말해도 감이 잘 안 잡힐 터이지만, 어쨌든 일대의 산이 모두 영지라고 하면 조금은 상상할 수 있을까. 와인이나 올리브유를 위한 작업장도 있지만 그 중심은 가족과 직원 들이 사는 커다란 건물로 이것은 어지간한 호텔 정도의 규모다. 내가 본 방만 해도 서른 개는 될까? 어떤 방이나 명작으로 이름 높은 회화나 조각으로 꾸며져 있고 장식도 방마다 각기 다른 분위기와 시대가 느껴질 수 있도록 고려했다.

빌라의 외관은 날카롭고 남성적인 선이 주조를 이루고 있어 고풍스러운 인상이기보다는 이성적인 디자인이라고 할 수 있다. 대현관을 들어서면 앞쪽으로 거대한 안마당이 있다. 섬세하게 마감한 벽과 방으로 둘러싸인 그곳은 그 나름으로 하나의 '세계'라고 할 수 있을 만한 공간이다. 예컨대, 큰 방 중 하나는 레크리에이션 룸으로 서른 명은 앉을 수 있는 큰 테이블과 주물로 제작된 고색창연한 흰 난로가 있다. 거기서 매년 필리포가 주최하는 스코틀랜드 풍 댄스파티가 열린다고 한다. 옆의 커다란 공간은 차고이고 그 옆은 레몬 룸. 레몬 나무라도 있는가 생각했는데 막상 가 보니 햇빛이 가장 잘 드는 방, 온실이다. 겨울이 되면 꽃과 식물들로 넘쳐 난다고 한다.

통칭 '엘레나의 방'은 내 눈에는 프랑스 풍으로 비치는데 뭔가 우아한 에로티시즘이 감도는 침실이다. 부르봉가에서 보낸 결혼 선물이었다고 하는 두 개의 호사스런 놋쇠 침대가 있고 천정과 벽에는 장미가 정말이지 정교하게 그려져 있다. 다른 침실은 틴토레토Tintoretto의 자화상 같은 걸로 꾸며져 있어서 미술관 같은 분위기가 있지만 이 방만은 비스콘티Luchino Visconti 감독의 영화 세계와 같은 자유롭고 약간은 쾌락적인 요소가 느껴진다.

내가 좋아하는 방은 1층의 살롱이다. 어떤 의자나 가구라도 앉아 보고 싶고 만져 보고 싶을 정도로 느낌이 좋은 방에는 이 집안의 역사가 공들여서 새겨져 있다. 난로나 원탁 위에는 오래된 가족사진이 여럿 놓여 있고 놀랄 만큼 아름다운 일가의 초상화들이 운치 있는 액자에 들어 있다.

큰 파티를 여는 살롱에 이어진 발코니만 해도 백 명은 충분히 들어갈 만한 규모다.

"우와, 레몬 나무!"

발코니로 나간 순간, 화분에 심어진 나무의 가지가 휘어질 정도로 열려 있는 노란 열매들이 눈에 들어왔다.

"오늘 저녁 준비에라도 쓰시지요."

내가 탐난다는 표정이라도 지었는지 베네데타가 나를 향해 말했다. 마당 저 멀리까지 이어지는 숲 안에는 테니스 코트와 커다란 수영장이 있다. 이 건물에는 보나코시 부부와 차남, 네 마리의 그레이트 피레네 종 개들, 요리사나 하인召使(옛날식 말이지만 여기서는 이렇게 말하는 게 딱 어울린다)들이 모여 산다. 그밖에 출퇴근하는 직원 25명이 상근하고 있다고 한다.

"옛날 내가 어렸을 때는 일하는 사람들도 모두 여기서 살았지요. 그렇지만 지금은 요리사와 그 외 몇 명만 그렇게 하고 대부분이 출퇴근하지요. 지금은 이런 건물을 유지하는 데만 해도 막대한 돈이 들어서 아무래도 옛날처럼은 할 수 없는 것 같아요. 이미 그런 생활이 어울리지 않게 되어 버린 거예요."

베네데타의 설명에 하나하나 수긍이 가지만, 이미 채산이 맞지 않는 생활을 문화를 위해, 전통과 스스로의 존엄을 위해 굳이 지켜 가는 그것이야말로 귀족의 생활이 아닐까?

이 광대하고 호화로운 건물 안에서 내가 유달리 열심히 보고 싶었던 곳이 한 군데 있다. 가능하다면 그곳에서 적어도 하루는 머물면서, 그토록 사용해 보고 싶었던 장소에 대해 이야기하지 않고서는 이 '세기의 빌라 안내'는 끝날 수 없다.

그것은 이 건물의 대주방이다. 빌라에는 방에 딸린 주방이 여럿 있지만 1층의 큰 식당에 연결된 대주방은 건물의 중추를 담당한다. 주방 입구로 들어가서 왼쪽에는 장작을 쌓아 두고 불을 때는 옛날 화덕처럼 생긴 커다란 오븐과 난로가, 중앙에는 요즘 식의 가스 오븐이 있고, 버너만 해도 열 개나 있어서 이건 정말 호텔 수준이라고나 해야겠다. 주방 한가운데에는 대리석으로 만든 조리대 겸용의 2미터짜리 큰 테이블이 있다. 여기에서 조리장 파트리치오가 이날의 점심을 위해서 주키니에 밀가루를 묻히고 있었다.

파트리치오는 금발에 장신. 흰 피부에 코가 높은 야무진 풍모의 토스카나 사람이다. 단단한 근육의 긴 팔과 배는 아무리 보아도 과식이나 비만의 흔적은 조금도 없고 운동선수라고 해도 곧이들을 정도의 체격이다. 조리장 옆에서 바지런히 재료의 흙이나 먼지를 씻어 내고 재료를 냉장고에서 꺼내거나 넣고 또 테이블을 세팅해서 요리를 나르는, 말하자면 조수 일을 하고 있는 사람은 에르메스다. 거무스름한 피부에 곱슬머리를 한 과묵한 청년이다. 파트리치오는 흰 상의에 앞치마, 에르메스는 검정과 짙은 분홍의 세로 줄무늬에 옷깃을 세운 제복 차림이다. 복장에도 규율이 있어서 한눈에 그 역할을 알 수 있다.

"어떠세요, 빌라 구경은 다 하셨습니까?"

부엌을 돌아보고 있을 때 문득 소리가 들려서 돌아보니 우고 콘티니 보나코시 백작이 서 있었다. 날씬한 장신, 갈색 계통의 트위드 상의에 부드러운 미소를 머금은 푸른빛을 띤 눈, 콧수염 그리고 느긋한 말투와 등줄기를 꼿꼿이 세운 모습이 거기 있었다. 그 압도당할 듯한 모습에 대해서 영국 사람이 썼다고 하는 앞의 책에 이렇게 씌어 있다. "… 보나코시 백작은 하나부터 열까지 즉 생각할 수 있는 모든 의미에서 빈틈없이 귀족이라는 것을 느끼게 해 주는 사람이다."

이거야말로 이상적인 점심

드디어 점심식사 날이 왔다. 오늘은 백작 부부의 정식 손님으로서 안마당에 면한 살롱 옆의 밝은 다이닝 룸으로 갔다. 오늘의 식사 멤버는 우고 콘티니 보나코시 백작과 리자 부인, 와인의 마케팅을 담당하는 큰딸 베아트리체와 우리 세 식구다.

"이번 여행은 어떻습니까?"

백작이 모두의 잔에 와인을 따르면서 물었다.

"토스카나의 산에서 지내는 것은 처음입니다. 무엇보다 야채가 정말 맛있습니다. 감동할 정도로요. 여기서는 야채의 맛이 정말 다른 것 같아요."

"이탈리아라도 도시에서는 신선한 야채를 먹기가 꽤 어렵습니다. 요즈음은 야채를 직접 재배하는 게 슈퍼에서 사는 것보다 비싸게 먹히는 시대입니다. 그래도 스스로 키운 야채를 먹고 싶어서 나는 피렌체에 살지 않는 거랍니다. 아 그렇지, 와인은 안 드신다지요. 그럼 생수를 드시지요."

★보나코시가의 화덕

나는 와인 사업을 하는 집에 초대를 받고서는 와인을 마시지 않는 무례를 사과했는데, 백작은 "아니에요, 나도 아주 조금밖에 안 마십니다."라며 이쪽에 대한 배려를 잊지 않는다. 그래도 와인은 반려 N이 관심을 가지는 분야라서 이야기는 자연히 와인 만들기로 이어진다. 백작은 또박또박 정확한 영어로 이야기하기 시작했다.

"와인은 리소토와 어울리지요. 파스타에는 물이 제일인 것 같습니다."

"그렇습니까? 저는 그저 파스타와 와인이 짝이 잘 맞는다는 정도로만 생각했습니다만."

"끓인 고기처럼 겨울에 많이 먹는 진한 소스의 파스타에는 와인이 좋을 것 같기는 합니다."

리자 부인도 대화에 함께한다. 파트리치오가 오기 전에는 부인이 가족들의 세 끼 식사를 담당했다고 하던데 요리에 관해서는 일가견이 있다.

"토양, 기후, 포도의 상태 등등에 따라 와인의 맛이 미묘하게 다르기 때문에 와인은 끝이 없는 테마입니다. 가족이 한 마음으로 노력하지 않으면 안 되지요. 지금은 다섯 아이 가운데 셋이 각각의 역할을 맡아 주고 있지요."

안티파스토(전채요리)antipasto에는 프로슈토 콘 멜로네 즉 생햄과 멜론이 나왔다. 메뉴야 익숙하지만 이 생햄은 집에서 만든 거다.

“지난해 일본을 여행했어요. 난 생선회가 좋았어요.”

베아트리체가 말했다. 큰 키에 늘씬하게 뻗은 손발과 허리, 금발은 베네치아 사람인 어머니 물림인가. 살롱의 난로나 피아노 위에 놓인 액자 속의 퇴색한 사진 어디에나 두드러진 미의 비너스가 군림하고 있다. 말을 하면 그 우아한 태도가 더욱더 돋보여 주변의 공기를 부드럽게 한다. 사려 깊은 배려가 이 일가에 대대로 전해 오는 행운의 별을 느끼게 해 주었다.

“초밥이나 회에는 빈산토Vinsanto가 잘 맞을 거 같은 생각이 듭니다.”

“빈산토?”

“아주 조금밖에 안 나는 최고급의 작은 알 백포도를 따서 이듬해 1월까지 말리고 다시 4년간 묵혀서 발효시키는 비장의 고급 와인입니다.”

N이 곧바로 시음하는데 그 순한 맛이 잊을 수 없는 와인 체험이었다고 한다.

“살라미나 햄도 옥수수를 먹여 기른 돼지로 특별히 만든 겁니다. 생햄과 멜론의 조합은 누가 생각해 냈는지 모르지만 정말 걸작입니다. 최근에는 무화과 같은 것도 쓰는 모양입니다만 나는 짠맛이 강한 햄과 멜론이라는 옛날식이 좋군요.”

다음 요리 피아토 디 메조(중간 요리)piatto di mezzo는 포모도로에 리소Pomodoro e Riso. 토마토 속을 파낸 뒤 푸실푸실하고 길쭉한 쌀과 야채를 채워서 오븐에 구운 것이다. 나는 쌀을 별로 안 먹기 때문에 쌀 대신 빵을 쓰는 일이 많은데, 이것도 토스카나 기본요리의 하나인 것 같다. 레몬과 바질이 향기를 더해 주는 여름 요리의 전형이라고도 할 수 있다.

그리고 프리모 피아토(첫 번째 요리)primo piatto는 아쿠아코타Acquacotta라는 이름의 스프인데 국물이 거의 없다. 올리브기름에 마늘과 양파를 볶고 여기에다가 토마토, 파슬리, 허브를 적당히 썰어 넣은 다음 닭고기나 소고기를 우려낸 육수에 푹 끓인다. 전체가 다 익었을 때 계란을 깨 넣어서 부드럽게 반숙이 되면 그대로 토스카나 빵에 얹어서 먹는다. 맛도 모양새도 일본의 계란덮밥 비슷하다.

"옛날에 토스카나에서는 빵을 일주일에 한 번밖에 굽지 않았습니다. 게다가 소금이고 뭐고 아무것도 넣지 않았어요. 이 지방 특유의 심플한 빵은 금방 굳어 버리니까요. 단단히 굳은 빵을 어떻게 하면 맛있게 먹을 수 있을까 하다가 이런 요리를 생각해 낸 거겠지요."

"사실은 일본에도 계란덮밥이라고 하는 음식이 있는데 이것과 아주 비슷해요."

"오, 그래요? 그러고 보니 일본에는 파스타도 있다지요?"

"예, 소바나 우동 같은 거지요. 라비올리ravioli도 있어요. 만

토스카나의 여름 풍경

두餃子라고 하는데 원래 중국 음식이지요."

설명하면서 뉴욕의 이탈리아인 친구들은 누구 하나 예외 없이 내가 만든 만두의 열렬한 팬이었던 게 생각난다.

마침내 메인 코스 세콘도 피아토(두 번째 요리)secondo piatto로 작고 얇게 썬 송아지고기 스테이크와 주키니 튀김이 나왔다. 호박꽃과 아주 비슷한 노란 주키니 꽃과 그 사이에 햄이나 치즈를 끼워 튀긴 변종 덴푸라이다.

그리고 늘 그러듯이 밭에서 금방 딴 양상추나 루콜라를 레몬과 집에서 짠 올리브유와 천일염으로 대충 버무린 그린샐러드가 나왔다. 심플한 카스테라 풍의 구운 케이크가 나왔지만 단 디저트는 건너뛰고, 아직 발효가 덜 된 페코리노 치즈(산양 젖으로 만든 치즈)Pecorino를 마지막에 먹는다. 이것 역시 빌라 특제의 치즈라고 하는데 나도 모르게 몇 번이나 손을 뻗을 정도로 가볍고 맛이 있다.

일본 사람 감각에 식후의 치즈는 왠지 맞지 않을 것 같지만, 이탈리아 산지 직송의 파르미자노 레자노Parmigiano-Reggiano 같은 걸 한번 맛보면 쌈빡한 입맛의 사람도 생각을 바꿀 것이다.

맛보다 향이 더 매혹적인 이탈리안 에스프레소로 오늘의 점심식사는 마무리한다.

"아아, 맛있었어요. 정말 이상적인 점심이었어요. 잘 먹었습니다."

"아주 간단한 요리뿐이었어요. 토스카나의 식사는 소재주의素材主義라고 할 수 있어요. 요리를 보기만 해도 무슨 재료를 이용했는지 금방 알 수 있을 만큼 아주 심플하지요. 대부분의 야채와 과일이 빌라의 농원에서 재배한 것이고 햄이나 치즈나 올리브유도 직접 만듭니다. 그렇지만 이런 생활은 이탈리아에서조차도 점점 어려워지고 있습니다. 해가 갈수록 더 그래요. 유감스러운 일입니다."

"저한테는 여름이라서 그렇기도 하지만 고기의 양은 이 정도가 딱 좋네요. 그래도 겨울에는 육류를 더 드시겠지요?"

"예, 물론이지요. 겨울에는 역시 그릴이지요. 수타 파스타와 토끼고기 아니면 꿩 같은 조류지요. 그릴의 생명은 땔감 고르기인데 무엇보다도 와인 향기가 밴 오래된 술통의 나무가 좋은 것 같아요. 파스타는 금방 낳아서 아직 따뜻한 계란을 풀어 반죽한 폭이 넓은 면이 어울립니다."

음 소리가 저절로 난다. 구이에 쓸 땔감을 고르고 아직 온기가 남은 계란으로 만드는 수타면이라!

아무래도, 갓 잡은 신선한 토끼고기에는 아직 저항감이 있음에도 불구하고, 나의 혀는 이미 토스카나 요리와 카페차나의 부엌에 점점 깊이 빠져들고 있었다.

보나코시 빌라의
낡은 난로
1923년 제품
capezzana

넷

제노바 여자,
정열의 식탁

뉴욕 시절의 옛 친구를 찾아서

처음 이탈리아를 찾은 것은 벌써 스물 몇 해 전 대학을 나온 지 얼마 안 되어서였다.

그때 나는 미국 유학길에 오른 지 1년이 될까 말까 해서 중서부의 대학도시를 빠져나와 막 뉴욕으로 이주한 참이었다.

그로부터 몇 년간은 정말 빠르게 지나갔다. 히피의 반전 운동과 로큰롤 전성기의 맨해튼에서 눈 깜짝할 사이에 결혼을 해서 다락방살이를 하게 되고 어느 날 주위를 둘러보니 친구나 이웃은 모두 그림쟁이, 글쟁이, 댄서 등 조금 특이한 자유직업의 사람들뿐이었다. 당시 뉴욕의 소호Soho에는 미국은 물론 전 세계에서 새로운 것을 추구하는 사람들이 자유로운 숨결에 빠져들고 싶다는 일념으로 몰려들었고 어느 정도는 도를 넘은 주장과 라이프스타일도 버젓이 통용되었다.

외국인도 많았는데 나는 왠지 유럽 사람, 그중에서도 이탈리아와 프랑스 사람들과 먼저 친해졌다.

그러다가 그런 친구들과의 인연으로, 소호의 번화가에 조금 문턱이 높은 이탈리아 화랑을 열고 싶은데 디렉터를 맡아 주지 않겠냐고 제안을 해온 이들이 있었다. 바로 제노바와 파리에 점포를 가진 토마조와 네루라고 하는 두 이탈리아 남성이었다.

그 무렵 뉴욕과 로마를 왕래하면서 프랑스와 이탈리아 잡지에 기사를 쓰고 있던 줄리아나와는 그들을 통해서 알게 되었다. 그녀는 당시 뉴욕에서 한창이던 페미니즘이나 시민운동에 대해서 조금 급진적인 평론을 쓰고 있었다. 그런 그녀도 80년대에 들어서자 고국 이탈리아에 돌아가 지금은 로마에서 영화 시나리오를 쓰면서 대학 강단에도 서고 있다.

80년대 중반을 지날 무렵에는 나도 일본으로 돌아왔으니까 토마(토마조의 애칭)도 네루도 줄리아나도 지금은 모두 '뉴요커 출신'의 옛 친구들이다.

"뭐라고? 토스카나까지 와서 나를 안 만나고 그냥 간다고? 그건 안 되지. 그래도, 피렌체에서라면 차로 겨우 세 시간이야."

7월 어느 날, 산 생활도 어지간히 익숙해질 무렵 주인이 줄리아나한테서 온 전화를 전해 주었다. 그녀는 지금 대학에서 여름 학기를 가르치느라 제노바에 머물고 있다며 꼭 거기까지 와 줬으면 좋겠다는 건데, 시골 생활에 익숙해져 버려서인지 제노바 같은 대도시에 나가는 것이 아무래도 내키지 않았다. 나는 이런저런 말도 안 되는 이유를 들어서 내가 그리로 가는 것보다 그녀가 이리로 오는 게 좋겠다고 주장해 보았지만, 제노바에는 토마도 있고 네루

도 있고… 그럼 어떻게 하나 하다가 차라리 큰맘 먹고 제노바에 먼 걸음을 해 볼까 하고 망설이기 시작했다. 그렇지만 제노바까지 차를 몰고 가는 게 그녀가 말한 만큼 간단한 일일까?

어쨌든 우리는 어느 여름날 주말에 토스카나와 프랑스 리비에라 해안을 활 모양으로 잇는 리구리아 지방의 커다란 항구도시 제노바를 찾게 되었다.

줄리아나는 원래 남부 포자Foggia에서 태어났다. 할아버지도 아버지도 지역에서는 이름이 알려진 귀족인 데다가 지방 정계의 유력자였기 때문에 어려서부터 하인들에 둘러싸여 '공주님' 같은 생활을 해 왔다고 한다. 뉴욕에 있을 때는 줄리아나가 "우리 귀족들은…" 하고 말해도 하나도 못 느꼈는데 몇 년 전 그녀의 집에서 그녀가 보여 준 앨범을 보고서 '아, 정말 그렇구나.' 하고 납득했던 기억이 있다. 그 앨범에는 여름날을 베네치아의 리도 섬이나 파리 또는 스위스에서 지내는 일가족의 빛바랜 사진이라든가 흰 프릴이 잔뜩 달린 드레스를 입고 대가족과 많은 하인들의 시중을 받으며 무척 우쭐대는 모습의 어린 줄리아나, 승마, 피아노, 발레 등을 배우는 재기 넘치는 이 소녀의 사진이 많이 들어 있었다.

나도 모르게 "비스콘티의 영화 같다."고 말하고 한숨을 쉬었다. 책벌레였던 그녀는 로마 부근의 학교에 들어가 문학을 공부하고 싶었지만 엄격한 가톨릭인 아버지가 맹렬히 반대했고 그녀를 억지로 제노바의 대학에 입학시켰다고 한다.

"그런데, 제노바는 이탈리아의 런던이라고들 그래. 옛날부터 보수적인 부자들의 도시였어. 아빠는 내가 그런 도시에서 학창 시절을 보내면 로마 언저리에 모여드는 시시껄렁한 아티스트나 영화쟁이들과 어울릴 일도 없으니 멋진 가톨릭 청년과 만나 어엿한 결혼을 할 거라고 계산한 거지."

정말, 자식이 부모 생각대로 되지 않는 건 어디나 마찬가지다. 줄리아나는 대학을 졸업하자 영화쪽 평론과 연구를 시작해서, 로마에서는 펠리니Federico Fellini나 비스콘티 등과 가깝게 사귀고 조금 이상한 아티스트들과의 데카당한 동거를 몇 차례 반복했다. 엄격한 아버지가 알면 기절할 만한 '딸의 청춘'이었을 것이다.

그리고, 지금은 열다섯 살이나 연하의 영화감독과 사랑에 빠져 로마에 같이 사는데(나이 오십이 다 된 줄리아나가 그렇다구요!), 이번 여름은 제노바에서 여름학기를 가르치고 있다는 것이다. 그녀와 만난 그 옛날, 둘 다 아직 젊었던 시절부터 헤아려 보면 아주 오랜 인연이다.

대학교수가 만든 정열의 제노바 요리

"모처럼 제노바에 왔으니까 토스카나에선 먹기 힘든 게 좋을 것 같아서 생선으로 했어."

제노바까지 오는 길은 멀어서 예정보다 한 시간이나 늦게 도착했더니 줄리아나는 직접 요리를 해 놓고 기다리고 있었다. 중심가에 가까운 일등지에 있는 그녀의 아파트에는 지금까지 몇 차례 와 보았는데 좁으면서도 꽤 쾌적하다. 시나리오 작가이고 대학교수라는 바쁜 몸임에도 불구하고 줄리아나는 집의 장식이나 요리는 물론 바느질부터 꽃이나 허브 재배까지 뭐든지 스스로 해치운다. 이 아파트도 벽과 의자나 테라스에 내붙인 차양을 모두 노란 미모사 무늬의 천으로 통일시켰고 화장실의 소품이나 쿠션까지, 하나부터 열까지 노란 천 일색이다. 뿐만 아니라 그녀가 입은 가슴 부분이 넓게 파인 드레스까지 노란 미모사 무늬였다.

"멋있구나, 이 코디!"

"어, 미모사 좋아해? 미모사는 3월 8일 여성의 날의 꽃이야. 이 기념일에는 남자가 일하는 여성들에게 미모사를 선물하지."

이 나라의 남성이라면 꼭 3월 8일이 아니더라도 끊임없이 여성에게 꽃을 선물할 거라고 생각하고 있었는데, 여성의 지위향상에 비례해서 남성이 꽃을 선물하는 고전적인 풍습이 점점 사라지는 건, 이탈리아라고 예외가 아닌 걸까?

자, 줄리아나의 요리 얘기로 다시 넘어가면, 먼저 무화과와 생햄이 전채로 나오고 콘토르노(곁들이는 음식)contorno로 피망과 주키니를 번갈아 꿰어 오븐에 구운 야채요리가 나왔다. 양념은 바질과 금방 간 파르미자노 레자노, 마늘과 올리브유와 소금뿐. 입맛에 따라 잣을 갈아 넣어도 좋다.

"이 야채요리는 여름 내내 빠뜨리지 않아. 우리 엄마 주특기인데 어릴 때는 냉장고에 두고 차게 해서 먹을 때가 많았지."

나도 비슷한 걸 만들어 먹곤 하는데 그녀보다 기름을 좀 적게 쓴다.

파스타는 스파게티에 주키니만 넣은 심플한 거다. 그리고 대망의 메인 생선요리는 금방 잡은 도미를 천일염, 후추, 올리브유만 대충 뿌려서 구운 것이다. 이탈리아 사람들의 생선 조리하는 법은 단순해서 좋다. 특히 여름철 바닷가에서 불에 구워 바로 먹는 생선구이는 재료까지 싱싱하니 더 말할 나위가 없다.

다음 역시 기본 메뉴인데, 풍성한 그린샐러드가 나온다. 여름이라 잎채소 종류가 풍부하다. 내가

좋아하는 루콜라나 라디키오 등에 여러 가지 허브를 뿌린, 마치 꽃꽂이 같은 샐러드였다. 컬러풀한 의상이나 살림살이를 좋아하는 사람은 요리도 역시 화사하다.

줄리아나가 요리를 좋아하는 것은 친구들 사이에서도 옛날부터 정평이 나 있었다. 대개의 이탈리아 사람들에게 공통되는 점이지만 하여간에 그녀는 먹는 일에 정열을 쏟는다. 그것은 그대로 그녀의 장기인 정치나 여성 문제에 대한 끊임없는 토론과 겹친다. 요리는 친구들과의 토론을 위해서 한다고 해도 좋을 정도다. 그녀 집의 식사 자리에 초대되면 먹고 말하고, 위장도 머리도 입도 녹초가 될 때까지 혹사당한다. 그 반복이다. 이만큼 살아 있다는 것을 실감시켜 주는 친구도 없다.

그녀는 약간 살이 찐 편이다. 만날 때마다 "지금 다이어트 중이야."라고 말하지만 내가 본 바로 실천한다고는 도저히 생각할 수 없다. 지식인답게 항상 설득력 있는 다이어트 이론을 알아내기는 해도 그 이론이 그녀의 몸매에 구체적으로 나타난 적은 아직껏 없는 듯하다. 줄리아나의 약점은 말 안 해도 다 아는 단 과자다. 이날도 아침부터 반나절 걸려서 만들었다고 하는 특대 크기의 초콜릿 케이크가 나왔다.

"아, 맛있을 거 같기는 한데… 실은 나, 단 거, 일체 안 먹어. 전화로도 얘기한 거 같은데."

"아, 그래? 괜찮아, 괜찮아. 이건 내가 먹을 거니까."

초콜릿과 설탕과 마르살라주가 들어간 이 큼지막한 케이크는 다름 아닌 줄리아나 자신을 위한 것이었다. 그 대신에 나를 위해서 내온 복숭아와 무화과와 배는 모두 탱탱하고 알이 작은 건데 아주 싱싱했다. 단맛보다 신맛이 나는 게, 옛날 생각이 나는 그런 맛이었다.

"미안하지만 나는 세 시부터 교수회의가 있어서 나가 봐야 돼. 접시? 그냥 두면 돼. 나중에 식기세척기로 한꺼번에 씻을 거니까. 저녁 여덟 시에 다시 여기 집합이다. 그럼 이따가 봐."

커피를 타 주고 줄리아나는 우리를 놔둔 채 허둥지둥 외출했다.

그녀는 언제나 이런 식이다. 시간과 노력을 아끼지 않고 사람들을 대접하지만 항상 스케줄에 쫓긴다. 친구나 사랑하는 사람을 위해서 손수 요리하는 수고를 마다하지 않는다. 무척 덜렁대고 잊기도 잘 하고, 운전은 급한 가속과 감속으로 위반이 끊일 새 없다. 그래도, 아니 바로 그래서라고 해야 할까, 어찌 됐건 줄리아나와 함께 있으면 인간이란 사랑할 만한 존재로구나 하는 것을 실감하게 된다.

다섯

바룰레 마을의 심플한 저녁식사

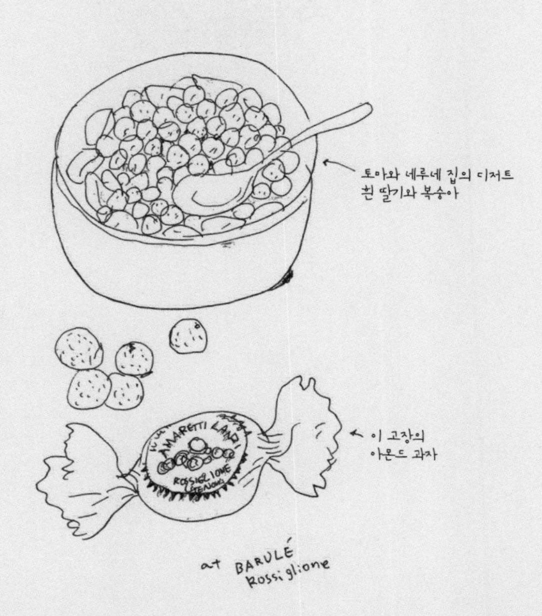

12년만의 재회

그날 저녁 우리는 제노바 교외에 있는 토마조와 네루의 별장에 초대받았다.

뉴욕의 소호에 있던 화랑을 닫고 나서 두 사람은 화상畫商으로 더 큰 성공을 거두어 파리나 스위스를 왕래하면서 우아한 생활을 하고 있다는 것은 풍편에 들었지만, 벌써 12년 동안이나 만나지 못했다.

여덟 시에 줄리아나의 아파트에 모인 우리는 그녀가 운전하는 차로 저물어 가는 제노바 시내를 빠져나와 그들의 산속 별장이 있는 바룰레Barule 마을로 향했다.

차는 울창한 숲을 벗어나 닭이나 개, 고양이 들이 마당가를 서성이는 농가들이 있는 작은 마을을 지나갔다. 줄리아나가 지나가는 사람에게 몇 번이나 길을 묻는다.

"두 사람의 별장에 가는 게 처음은 아니잖아?"

"물론 와본 적은 있어. 그런데 항상 밤에 와서 그런지 길이 잘 기억나지 않네."

그렇지, 줄리아나는 길치였다. 옛날 뉴욕의 우리 집에 머물 때도 길을 잃고 순찰차를 타고 와서 소동이 벌어진 일이 있었다.

겨우 길 찾는 데 표지가 되는 교회 앞에 다다랐을 때 주위는 이미 깜깜했다. 자동차 몸체를 긁어 대는 나뭇가지들을 헤치고 좁은 산길을 더 올라가자, 차 소리를 들은 토마조와 네루인 듯한 사람들이 회중전등으로 발밑을 비추며 어두운 숲 속에서 이쪽을 향해 온다. 벌써 약속 시간을 두 시간이나 넘기고 있었다.

"미치코!"

"토마."

우리는 감개가 무량해서 끌어안았다. 토마의 눈이 젖어 있는 것을 목소리로 알 수 있었다. 머리숱이 조금 적어지긴 했지만 잘 그을린 멋진 피부와 웃는 얼굴은 옛날 그대로였고, 그리스 조각의 미소년 같은 용모로 뉴욕의 미술계를 떠들썩하게 했던 네루는 이제는 머리가 희끗희끗한 중년이 되어 있었다.

"모두 나이를 먹었구나."

해가 저물어 주변이 잘 보이지 않지만 여기는 세상과 동떨어진 깊은 산중인 것 같다. 소리라고는 차 소리와 무슨 동물의 울음소리와 나무를 흔드는 바람 소리뿐이다. 항구도시에서 겨우 40분 달려왔을 뿐인데 이런 숲 속에 별장을 가질 수 있다니 얼마나 행운아들인가.

"그런데, 그대들이 온다는 연락을 받은 게 바로 어제였어. 좀 빨리 알려 줬더라면 이런저런 계획도 세울 수 있었을 텐데 말이야."

줄리아나가 내가 오는 날짜를 제대로 전하지 않았다는 건가? 그러고 보면 줄리아나는 그런 일 처리는 좀 엉성한 편이다.

"그래서 오늘 저녁식사는 그냥 있는 걸로 먹는 거다."

"염려 마셔. 이탈리아식으로 점심을 거하게 먹었으니까. 저녁은 피아토 프레도(불을 사용하지 않은 찬 음식)piatto freddo로 충분해."

"그래도 시골이니까 밭의 야채, 금방 낳은 계란, 신선한 햄이 풍부해."

토마와 네루가 이런저런 변명을 하면서 본채 쪽으로 안내한다.

우리는 어두운 산비탈이 내려다보이는 테라스에서 음료를 즐겼다. 다른 사람들이 와인을 마시는 동안 나는 목구멍을 찌르는 듯 차가운 샘물을 잔뜩 마셨더니 갑자기 오한이 들어서 식사는 안에서 하기로 했다.

먼저 세 종류의 햄과 많은 양의 멜론이 큰 접시에 담겨 테이블 한가운데 놓였다.

"햄이나 살라미나 이 지역 농가에서 직접 만든 거야. 멜론은 저쪽 밭에서 난 거고."

멜론의 단맛도, 햄의 짠맛도 상당히 고급스럽다.

"뉴욕 친구들은 모두 잘 지내나?"

토마가 햄으로 멜론을 능숙하게 말아서 입에 넣으며 나를 보았다.

"최근에는 뉴욕과도 전혀 연락이 없어. 벌써 2년 가까이 되지 않았나?"

"그래… 나도 79년이 마지막이야. 그래도 요즘은 가끔 뉴욕이 내게 있어서 도대체 무엇이었던가 생각해 보게 돼. 70년대의 뉴욕은 반짝반짝 빛났었는데. 적어도 유럽에서는 그렇게 보였어. 구세계의 인간에게 신세계의 매력이 컸기 때문일 거야."

토마의 푸른 눈에 언젠가 본 적이 있는 멜랑콜리한 색채가 어렸다. 그는 항상 종잡을 수 없는 슬픔에 싸인 남자였다.

세계 3대 리조트의 하나인 이탈리안 리비에라 포르토피노 Portofino의 의사 집안에서 태어난 그는, 성인이 되자마자 자신이 게이라는 것을 부모에게 고백하면서 부모와는 소원해지고 복잡한 청년시절을 보내게 되었다. 미인인 어머니는 지금은 늙어서 혼자 살고 있는데, 오랫동안 어머니는 토마가 유일하게 동경하는 여성이었다. 어머니는 유복하고 아름다운 아가씨와 토마를 결혼시키려고 몇 번이나 시도했지만 그때마다 모자간의 거리는 더 벌어질 뿐, 한때 두 사람은 대화도 하지 않을 정도로 서로를 피하기도 했다.

그러다가 화랑을 열고 미모이긴 하나 가난한 농부의 아들인 네루와 만나 사랑에 빠졌다. 그 사랑도 시들해질 무렵 두 사람은 화랑 경영의 파트너가 되어 현재에 이른 것이다.

"그 무렵의 미국은 게이 해방이나 여성

해방을 외치며 굉장히 활기가 넘쳤잖아. 나한테 미국을 통과했는가 하지 않았는가는 중요한 일이야. 나는 그런 반역과 정열이야말로 본래 그래야 할 청춘의 진면목이라고 생각해."

줄리아나가 입 안 가득 햄을 물고 말한다.

"해방이라… 요즘 세상에 그런 건 좀 낡은 얘기 아냐? 분명 이탈리아에서는 남자들끼리 함께 걷는 것도 금기시되던 시대에 뉴욕의 게이들은 당당히 사람들 앞에서 사랑을 말하고 있었지. 그렇지만 그게 어쨌다는 거야? 그 결과가 지금의 미국이라고 한다면 더더욱 그 무렵의 자유라는 게 결국은 환상에 지나지 않았다는 거 아닐까?"

"어? 토마, 너 아주 보수반동이구나. 난 80년대가 됐다고 해서 갑자기 슬로건을 바꾸거나 하는 사람 싫어. 난 변하지 않아. 페미니스트는 평생 페미니스트가 아니면 안 되는 것처럼 게이는 평생 게이로서 일관성이 있어야지."

"사람의 사상이나 생활방식이 평생 같을 리는 없잖아? 그대처럼 40대가 되어서 아직도 히피 행세를 하는 건 어리석은 일이야. 가난을 로맨틱하다고 여기는 그런 사상은 말이야, 20대로 끝나야 돼. 나쁜 매너가 허용되는 건 20대까지야."

"별 웃기는 소리 하고 있네! 그러니까 너네 같은 부자들은 신뢰할 수 없는 거야! 옛날에는 당당하게 게이라는 걸 자랑하던 네가 지금은 사교계에는 여자를 동반해서 나타나고 마치 보수

정당의 이성애자 같은 얼굴을 하고 있어. 뿐만 아니라 다른 게이들과도 안 어울리고. 이건 마치 친체제라도 좋다는 거, 거의 특권계급 아냐?"

"그렇게 말하는 걸 보니 아직 미숙하군. 인간은 바로 변화하기 때문에 재미있는 거야."

"세상을 바꾸기 위해서는 미숙하건 어쨌건 용기만 있으면 된다고 한 게 누군데? 옛날엔 그렇게 리버럴했던 것도 그게 네 장사에 유리했기 때문이야? 아니면 그게 유행이고 멋져 보였기 때문인가? 결국 네가 사랑하는 건 스위스 은행에 들어 있는 네 명의의 돈뿐인 거네!"

궁극의 시골 만찬

분위기가 좀 험악해졌다. 마침 때맞춰서 네루가 큰 접시를 날라 왔다.

"우와, 예쁘다."

나도 모르게 외칠 만큼, 접시 안에는 익힌 야채, 생야채, 치즈, 계란 등등이 마치 그림이라도 그린 것처럼 빛깔도 선명하게 담겨 있었다. 먼저 금방 삶은 뜨거운 계란. 황금색으로 익은 둥근 노른자에서는 김이 모락모락 난다. 역시 방금 삶아 낸 선명한 초록색의 주키니는 자르지도 않고 통째로 접시에 올렸다. 강낭콩과 브로콜리, 콜리플라워, 감자 같은 것도 삶아 놓았다. 흰색과 녹색 주변에 기름에 무친 붉은 피망과 얇게 썬 토마토로 빨간 테두리를 두어서 악센트를 주었다. 그 옆에는 하얀색 피노키오茴香를 딱딱이 모양으로 잘라 늘어놓고, 석쇠에 구운 가지와 희고 매끈한 모차렐라 치즈로 마무리를 했다. 접시를 캔버스 삼아 싱싱한 식재료들을 구색 맞춰 꾸며 놓으니 조화로운 오케스트라 연주 같았다.

"본 아페티토Buon appetito, 드시지요! 특상품 올리브유와 레몬, 천일염을 치세요."

네루가 마을 농부가 돌 화덕에서 구웠다고 하는 빵을 잘랐다. 반죽이 거칠지만 촉촉한 풍미가 있다. 주키니에서는 탄력 있게 씹는 맛이 남고 토마토에서는 싱그러운 향기가 난다. 모든 게 다 정겨운 맛이었다. 야채도 계란도 그 자체로 맛이 있다. 소금만 있으면 소스고 뭐고 필요 없다. 남은 음식이라고는 하지만 이거야말로 궁극의 심플 컨트리 디너라고 절찬하고 싶어진다.

"그런데 제프는 잘 지내?"

토마가 사람들 잔에 와인을 따르면서 나를 보았다. 순간 나는 들고 있던 샘물이 든 잔을 떨어뜨릴 뻔했다. 나는 그를 응시했다. 왜냐하면 제프는 2년 전 초여름에 죽었기 때문이다. 토마가 그걸 모를 리가 없다고 생각했는데.

나는 뉴욕의 친구들과 분담해서 그 슬픈 소식을 제프가 유언에 남긴 사람들에게 알렸는데, 그때 줄리아나를 통해서 토마에게도 알렸을 터였다. 그녀가 전하는 걸 잊어버렸나 아니면 나의 착각일까.

"뭐, 죽었다고? 설마…."

"… 2년 전 일이야. 에이즈였대. 미안해, 꼭 연락했어야 했는데."

토마가 포크와 나이프를 천천히 놓는 걸 곁눈으로 보면서 나는 한숨을 쉬었다. 이런 뜻밖의 장소에서 토마에게 '사랑하는 사람의 죽음'을 알리게 되리라고는 꿈에도 생각하지 못했다.

"제프는 발병한 걸 알면서부터 부모에게나 동료에게나 우리들에게나 차근차근 모두 정직하게 얘기했어. 건강한 동안은 다른 환자들을 위해서 자원봉사 활동도 했고, 마지막까지 유머를 잊지 않고 사람들을 웃기고 고통에 대해서는 용기를 가지고 끝까지 싸웠지. 그리고 모르핀 주사로 평화롭게 잠들었어…."

이야기하면서 나는 잊고 있던 감정이 지긋이 솟아 나오는 걸 느

졌다.

토마와 제프는 한때 연인 사이였다.

그때 네루가 그릇 가득 야생 딸기를 가지고 왔다. 보통 딸기는 속이 희고 씨가 빨간데, 이 딸기는 거꾸로 씨가 희고 속이 빨갛다. 네루는 부엌과 테이블을 몇 번이나 오갔으면서도 지금 이 자리에서 일어나고 있는 사태를 이해하고 있는 듯이, 고개를 떨군 토마의 어깨에 손을 얹었다. 그리고 분위기를 바꿔 보려고 손님 쪽을 보고 말을 꺼냈다.

"자, 이 변종 딸기 좀 봐. 뒷산에서 찾아낸 야생 딸기인데, 마치 딸기의 네가negative, 陰畫 같아."

네루 딴에는 농담을 한 셈인데 아무도 웃지 않는다. 얼굴을 든 토마의 푸른 눈동자에 엷은 눈물이 어리어 테이블 너머로 내민 내 손등에 따뜻한 것이 몇 방울 떨어졌다.

눈물로 흐려진 석양

다음 날 토마가 간청해서 포르토피노에 갔다. 제노바에서는 30분이면 닿는 세계 유수의 아름다운 해변이지만 요즘은 너무 유명해져서 여름이면 좁고 구불구불한 해안선도로가 붐비고 크게 정체된다.

가는 도중에 있는 산타 마르게리타Santa Margherita 해변에는 낯익은 경치가 펼쳐져 있다. 온몸을 구릿빛으로 태운 남녀가 빨강과 코발트블루의 파라솔 아래서 아무것도 하지 않고 그저 엎드리거나 누워 있는 모습이 리비에라 해변 풍경 같다. 옛날에 내가 이곳을 찾았을 때와 단 한 가지 다른 점은 지금은 누구나 하다못해 비키니라도 걸치고 있다는 것이다. 예전에 이곳에서는 누구나 토플리스였다. 프랑스 리비에라 해변에서 온 풍속일 테지만 그 무렵은 완전히 벗은 남녀도 드물지 않았다.

"로마 교황이 한 일이지. 누드는 금지되었대."

"그래, 그래도 이탈리아 사람에게는 그것도 필요하지 않을까 싶어. 저런 것들도 익숙해지면 조금도 근사해 보이지 않게 돼. 누드 다음에는 오직 덮는 것, 감추는 것밖에 없는 거니까."

"그럴 수도 있지. 줄리아나는 찬성하지 않을 테지만. 그녀는 아직도 70년대의 분방한 성性을 꿈꾸고 있으니까."

"줄리아나도 내심으로는 알고 있어. 인간은 의외로 변하지 않는 거야. 그래서 시대가 보수적이 된 데 대한 그녀 나름의 저항인 거지… 사실은 허전한 거야, 청춘이 가고 동시에 친구들이 전향하는 걸 보는 게. 게다가 반항은 그녀의 스타일이고. 나는 그녀의 기분도 이해가 가."

포르토피노 항구의 색과 냄새가 내게 감각적인 기억을 불러

일으킨다. 그 무렵 나는 거의 여름철마다 이곳을 찾아 울긋불긋한 비치파라솔 아래 엎드려서는, 우리 아빠 같은 근엄 성실한 일본의 아버지와 이 나라 친구들의 가톨릭 아버지를 비교해 가며 과연 어떤 아버지가 딸을 더 억압하는 걸까 하는 식의 철없는 이야기를 하면서 온종일 일광욕을 하고 있었다.

"72년 여름 제프와 여기서 지냈어."

에메랄드그린의 바다가 소나무 가지를 액자 삼아 멀리 펼쳐져 있는 것을 바라보며 그 완벽한 풍경에 감탄하고 있을 때 문득 토마가 중얼거렸다.

"… 모든 게 변해 버렸어. 이 해변도 지금은 관광 코스지. 속물스러운 관광객들의 해변으로 전락했어. 이제는 그 세속화가 마이애미인지 코트다쥐르인지 모를 정도로."

토마의 냉소적인 어조는 옛날과 다름없다. 우리는 백사장의 테이블에 앉아서 차갑게 한 카펠리니(가는 스파게티)capellini에 익은 뒤에 딴 토마토와 바질만 섞은 여름 파스타와 주키니와 오징어 튀김을 먹었다. 베네치아 주변의 관광 레스토랑에서 먹는 것보다 훨씬 신선하고 맛있었다.

"그건 네가 이 고장 사람이라 그런 거야. 그래, 옛날 네가 어렸을 때의 포르토피노는 근사했겠지. 그렇지만 그때는 여기 올 수 있는 건 귀족 아니면 리즈 테일러라든가 재키 오나시스 같은 사람들뿐이었잖아? 세상에서 특권계급이 사라지고 모든 것

이 대중화되고 있는 거야. 물론 나라고 해서 그것이 반드시 좋은 거라고는 생각하지는 않아."

그런 말을 하면서 나는 그런 대중소비문화의 한 축을 급속히 부유해진 일본인과 일본 자본이 담당하고 있다는 데 생각이 미쳤지만 그 말은 하지 않았다.

우리는 산 로렌초 델라 코스타San Lorenzo della Costa의 산길을 올라 복잡하게 얽힌 바위지대에 머물며 깊은 감청색의 라팔로Rapallo 만이 산과 번갈아 드러나는 것을 바라보았다.

키아파Chiappa 곶에 멀리 떠 있는 배를 굽어보고 있을 때 토마가 갑자기 울기 시작했다. 어린애처럼 펑펑 소리 내어 슬피 울었다.

당황해서 침묵하는 나. 쨍쨍 내리쬐는 여름의 태양. 토마의 젖은 뺨 저편으로 감청색과 타코이즈블루가 알록달록 이어지는 바다가 끝없이 펼쳐진다.

"여긴 말이야, 어릴 때 엄마가 돌고래를 보여 주러 잘 데려왔어."

겨우 울음을 그친 토마가 손수건으로 코를 풀고서 입을 열었다.

"제프하고는 어떻게 헤어졌어?"

"그는 미국인이라서…."

"이탈리아에 적응하지 못한 거야?"

"그렇게 간단한 문제는 아니었는데, 이 나라의 어떤 계급이 빠져들고 있던 데카당스가 선량한 프로테스탄트 도덕으로 교육받은 제프에게는 참기 어려웠던 거 같아."

그 엄한 프로테스탄트의 가르침을 지켜서 누구보다도 순수하게 살아온 제프가 에이즈에 걸리고, 데카당스를 그대로 실천하듯이 살아온 토마는 병에 걸리기는커녕 변함없이 부르주아 생활을 유지하고 있는 역설을 어떻게 해석해야 할까.

"나 같으면 여기서 10년이건 20년이건 아무렇지도 않겠지만 말이야. 바다와 산과 싱싱한 생선과 야채 그리고 적당한 에로티시즘…. 음, 나쁘지 않아. 하지만 좀 더 나이를 먹고 나서도 좋을까 몰라."

"그건 예전에 네가 여기서 사랑에 빠졌기 때문일 거야. 여기서 나고 자란 사람에게 포르토피노는 리조트가 아니라 고향이니까. 그렇게 단순하지는 않을 거야."

우리는 꼭 저녁노을을 보고 나서 돌아가고 싶어서 언제까지나 그 곶 끝머리의 바위에 눌러앉아 있었다.

이윽고 우리는 서로 다른 쪽을 바라본 채 누가 먼저랄 것 없이 가만히 눈물을 흘리고 있었다.

소리 없이 제각기 조그만 아픔과 부끄러움과 기쁨의 기억에 빠져들고 있었다.

여섯

한밤중의 방문객
—이 나라 사전에 '지각'은 없다

PREZZO ESPOSTO
SUL PRODOTTO

산 사나이가 산에 정양하러?

다시 장거리를 운전해서 토스카나의 산으로 돌아왔다.

이튿날 아침, 늘 그러듯이 해가 뜨자 일어나 밭에서 야채를 따고 있는데 필리포가 다가왔다.

"어땠어요? 제노바까지 자동차 여행은 힘들었지요? 혼잡했을 텐데."

"시내 운전은 확실히 신경이 쓰여요. 그래도 포르토피노의 바다가 아름다웠어요. 시즌 전이라 그런지 아직 혼잡하지는 않았어요."

"음… 그래요? 근데 난 바다가 싫어요."

"예? 바다가? 왜요? 바다는 근사하지 않아요? 어째서 싫어요?"

"우선은 태양. 바다의 햇빛은 너무 강하잖아요. 최근 들어서야 피부암의 공포를 말하는데, 난 옛날부터 알고 있었다고요. 그런데도 벌거벗고 해변에 엎드려서 피부를 태우다니, 그런 바보 같은 습관은 분명 프랑스 놈들이 생각해 낸 게 틀림없을 거예요. 참 어리석고 꼴불견이지요. 교황이 토플리스를 금지시킨 모양인데 당연한 일이에요. 일찌감치 그랬어야 해요."

항상 그렇지만 프랑스 사람 이야기만 나오면 필리포의 목소리에 한층 힘이 들어간다.

토플리스나 누디스트 비치뿐만 아니라 커다란 가슴이 비어져 나오는 대담한 패션이나 몸에 짝 달라붙는 섹시한 차림새도 모두 이탈리아가 본고장이라고 적어도 나는 굳게 믿고 있었던 만큼, 바로 그 이탈리아 사람이 그걸 비판하는 걸 보니 왠지 슬며시 웃음이 나온다.

"이탈리아의 젊은 여성들은 가슴이나 엉덩이 노출이 너무 심한 거 같지 않아요?"

"당신, 그걸 나보고 대답하라는 건 무리예요. 그런 건 당신들 남자들이 좋아하는 거 아닌가요?"

"난 싫어요. 아랍이나 일본 여자들처럼 천으로 폭 싸서 감추는 게 훨씬 섹시하지 않아요?"

필리포가 일본 여성에 대해 품은 환상을 깨지 않기 위해서라도, 무슨 일이 있어도 그가 일본에 오는 일 같은 건 없도록 빌어야 할까 보다.

"그렇지만 바다에는 전혀 다른 해방감이 있어요. 산과는 다른 매력이지요."

"그런가요. 바다가 좋다는 놈들은 대개가 나르시스트란 말이야. 남들에게 벌거벗은 몸을 과시하는 건 남자가 할 일은 아니지. 아니, 여자라고 해도 그렇게 부끄러운 걸 몰라서는 안 되지."

나는 웃으면서, 얼마 전까지 포르토피노에 함께 있던 토마의 다정다감한 태도라든가 해마다 많은 돈을 써 가며 해변에서 남들보다 먼저 정성들여 피부를 아름답게 태우는 그를 떠올리고 있었다.

"확실히 세계 어딜 가든 바다는 이제 한물간 것 같아요. 공해나 교통체증 때문에 바다 근처에 산다든가 휴가를 보내는 건, 이젠 유행이 지났지요. 그런 점에서 프로방스라든가 이곳 토스카나의 산과 숲은 90년대 쾌적한 생활의 메카라는 거지요."

"맞아요. 알다마다요."

그렇지만 바다를 볼 때마다 밀려드는 저 감각적인 기분은 다른 어떤 걸로도 대신하기 어렵다. 바다의 매력이 그렇게 간단히 다른 무언가로 대치되는 거라고는 생각하지 않는다. 그러나 여기, 산 사나이 필리포 앞에서는 산이 좋다는 것, 나아가 산 사나이가 좋다는 걸 인정해 주는 수밖에.

"그래서 내가 이렇게 아말피(나폴리 근처의 경승지)Amalfi도 아니고 포르토피노도 아닌 토스카나에 온 거예요."

"그게 정답입니다. 우리는 다음 주부터 산으로 휴가를 갈 건데 괜찮으면 한번 와 볼래요?"

"예? 산으로 휴가라고요?"

여기가 이미 '산'일 텐데 어떻게 산으로 휴가를? 그러면 여긴 도대체 뭐였단 말인가? 여기는 산…이 아니었던 건가! 산에 있는 게 분명할 텐데, 나로서는 무척 혼란스러웠다.

"여기는 표고가 겨우 2백 미터요. 그리고 자기 집에 있는 건 휴가라고 할 수 없겠지요? 낚시를 하고 그림을 그리거나 등산을 하기 위해서 우리는 해마다 두 번 정도 산으로 가서 기분 전환을 하며 쉰답니다."

그래도 모르겠다. 나라면 보통 이런 산에서 생활을 하고 있으면 휴가는 바다로 가든가 아니면 도시로 나가는 게 기분 전환이 된다고 생각할 거 같다.

"이 기분을 알려면 어쨌거나 와 보지 않으면 안 되지요."

"알았어요. 생각해 볼게요."

새벽 두 시의 저녁식사

필리포네가 출발한 이튿날 오후, 줄리아나가 백작가로 전화를 했다. 로마로 돌아가는 길에 우리가 묵는 빌라에서 이틀을 묵고 싶다면서 사정이 어떤지 물어 왔다. 사교생활이 거의 전무한 거나 마찬가지인 시골살이에서 손님이 온다는 건 큰 사건이다. 어쨌거나 우리의 생활은 밭에서 야채따기와 요리, 스케치와 독서에 집필, 그리고 날씨가 좋으면 가까운 작은 마을이나 도시에 당일치기로 다녀오는 정도여서 예정이라고 할 게 전

토스카나의 달

혀 없기 때문이다.

그나저나 손님이 온다고 하니 역시 요리가 문제다. 나는 온몸에 밀가루를 뒤집어쓰고 보나코시가의 요리장에게 얼마 전에 배운 납작한 국수 탈리아텔레tagliatelle를 만들었다. 요리장은 이 국수에는 뭐니 뭐니 해도 토끼 육즙으로 만든 소스가 어울린다고 거듭 주장했지만, 매일 토끼와 얼굴을 마주치다 보니까 이제는 낯익은 사이가 된 참이라 아무래도 개네들을 먹을 용기가 안 난다. 할 수 없이 밭에서 딴 토마토를 산더미처럼 삶아서 탈리아텔레용 토마토소스를 듬뿍 만들어 놓았다.

그런데 저녁 무렵에 도착해야 할 줄리아나가 좀처럼 도착하지 않는다. 일곱 시 좀 넘었을 때 보나코시 백작이 몸소 우리 집에 와서 줄리아나의 말을 전해 주었다. "내일이 마감인 원고를 타이핑하고 나서 출발하니까 늦습니다. 식사는 먼저 해 주세요. 오늘 밤 중으로는 도착할 거 같아요."

아니 뭐라고! 오늘 밤중이라고! 어째서 내일이 마감인 원고를 지금에야 쓰고 있는 건가! 하긴 이런 걸 그녀에게 말해 봤자 소용없다. 마감을 기억하는 것만 해도 대단한 일이니까. 그건 그렇고 도착할 거 '같다'라니, 천하에 태평한 사람 같으니라고. 우리는 줄리아나의 전언을 읽는 순간 갑자기 배가 고파져서 아침부터 신이 나서 만든 파스타와 로스트비프를 순식간에 먹어 치웠다.

"오긴 오는 건가?"

시계가 밤 열 시를 넘겼을 때 N이 불안한 듯 말했다. 나도 같은 기분이다. 제노바 교외의 바룰레 마을로 토마와 네루를 찾아간 날도, 몇 번이나 다닌 적이 있는 길이라면서도 그녀는 마을사람 여럿에게 길을 물었고 그러고도 헤맸기 때문이다.

그게 다가 아니었다. 그날 밤의 절정은 새벽 두 시 경에 일어났다. 제노바로 돌아가려고 자동차에 탔는데, 차의 시동이 걸리지 않는 거였다.

줄리아나가 자동차 전조등을 끄지 않아서 배터리가 나가 버린 것이다. 모두 차를 밀었다 끌었다 해 보고 충전 도구를 찾아다니고 한 끝에 결국 네루가 운전하는 소형차에 여섯 명이 억지로 끼어 앉아서 제노바까지 돌아왔다. 그날 밤 토마는 말도 못하게 불쾌해 했다. 무리도 아닌 것이 그날 그는 시내에서 가까스로 일을 마치고 2주간의 산 생활에 필요한 짐들을 챙겨서 막 바룰레 마을에 도착한 참이었기 때문이다.

지금까지 그녀와 함께 있을 때면 조마조마했던 적이 도대체 몇 번인지 모르겠다. 예컨대 그녀의 운전 매너에는 아직도 익숙해질 수 없다. 그녀는 핸들을 잡은 채 뒷좌석을 돌아보며 수다를 떠는 나쁜 습관이 있다. 게다가 흥분이라도 하면 두 손을 핸들에서 놓고 저 이탈리아식 제스처에 열중하는 것이다. 일방통행로를 반대로 들어간다든가 주차위반이나 불법 유턴 같은 건

까다로운 햄, 치즈, 파스타, 빵

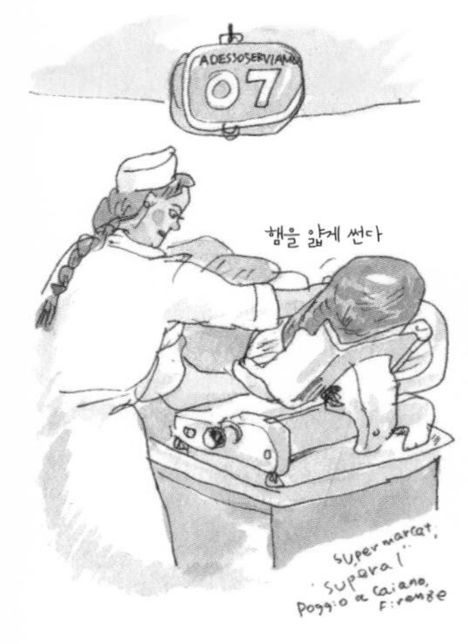

햄 매장에서

슈퍼의 치즈 매장

치즈
Formaggio

이탈리아 치즈에는 치즈의 DOC 시스템이라고도 할 수 있는 FDOC (원산지통제호칭 치즈)가 있다. 생산지나 제조법에 엄격한 기준이 있어서 파르미자노 레자노나 페코리노(지역별로 여러 종), 고르곤졸라 등 열아홉 종의 명품이 지정되어 있다. 그 밖의 치즈(모차렐라 등) 생산에도 좀 느슨하지만 조건이 붙어 있다. 유럽 식생활의 원점을 자부하는 만큼 시간이나 일에서는 대범해 보이는 이탈리아 사람도 음식에 관해서는 매우 엄격하다.

파스타 제조도 엄격한 법률로 규제되고 있다. 첫째 100퍼센트 순정의 듀럼durum 밀 세몰리나를 사용할 것. 건조한 지역에서 잘 자라는 경질의 듀럼 밀을 약간 재워서 부드럽게 한 다음 거칠게 빻아서 만드는 세몰리나 밀가루는, 호박색의 찰기 있는 고품질 파스타의 원료가 된다. 다음으로 인공 착색료나 보존료를 넣지 않을 것. 파스타의 초록이나 빨강, 노랑 등의 색깔은 천연 소재라야만 된다.
파스타의 종류는 남부 이탈리아에 많은 건조 파스타와 중부나 북부의 수타 파스타로 크게 나눌 수 있다. 해물이나 토마토소스에 스파게티나 마카로니의 조합이 남부의 전형이라면 중부나 북부는 육류나 페스토소스에 탈리아텔레나 라비올리다. 뇨키는 감자나 시금치 등을 밀가루에 섞어서 작은 덩어리로 만든 것으로 중부나 북부의 명물 요리다.
파스타의 종류는 실로 다양하다. 이탈리아의 디자인 실력은 여기서도 발휘되고 있는 것이다.

큰 슈퍼의 파스타 매장

파스타
Pasta

VERMICELLI
PENNE
CONCHIGLIE
FARFALLE
RICCIOLI
STELLINI

빵
Pane

슈퍼의 빵 매장

다반사이고 그때마다 경찰과 심한 말다툼, 이 여성과 함께 있는 것만으로도 항상 사건에 휘말리는 처지가 되니 결국은 큰 도박을 하는 셈이다.

한번은 뉴욕에서 길이 꽉 막혔을 때인데 내 손에서 억지로 핸들을 빼앗더니 빌딩 앞의 공원 비슷한 광장을 확 가로질러 반대편 도로로 나가 버린 일이 있다. 어안이 벙벙해진 교통경찰에게 출두를 명령받은 것은 당연히 차의 소유주인 나였다. 운전에 관한 한 우리는 그녀를 절대 신뢰할 수가 없다.

이제 열한 시도 지나고 시계바늘은 자정을 가리켰다.

N과 나는 밖으로 나가 테라스 근처의 조금 높은 지점에 서서, 멀리 반짝이는 피렌체의 불빛을 배경으로 산의 외줄기 길을 달려오는 차가 없는지 칠흑 같은 숲을 계속 주시했다. 가끔 전조등을 환하게 켠 차가 산길을 올라오는데 모두 도중에 골짜기로 사라져 간다.

"그래, 카페차나 입구까지 마중을 나가 보자. 온다면 먼저 거길 지날 테니까. 거기까지는 그녀라도 어떻게 해서든 오겠지."

그때 N이 한 대의 차를 발견했다.

"어? 저거, 저 차가 아닐까? 그래, 틀림없어."

분명 이쪽을 향해 오는 차가 한 대 있다. 구불구불한 산길에 전조등 불빛이 흔들리면서 다가온다. 그렇다고 저 차가 꼭 줄리아나의 차라는 법이 있을까? 아까부터 이 부근 주민들의 차도 몇 대 전조등 빛을 흔들거리면서 달려갔다. 이런 어둠 속에서는 누구의 차인가까지는 도저히 알 길이 없다.

"알겠어. 저 운전에는 자신이 없다는 게 뻔히 보여. 어? 저것 좀 봐. 불빛이 휘청거리는 거 같아. 헤매는 거야. 운전을 저렇게 할 사람은 줄리아나밖에 없지 않아? 바룰레 마을에서도 핸들 다루는 게 저런 식이었잖아."

우리는 카페차나의 커다란 사이프러스 나무 근처까지 내려가서 차를 세우고 아까 그 차를 기다렸다. 마침내 그 차는 우리를 앞질러 비틀비틀 산길을 오르기 시작했는데, 10미터쯤 가서 서더니 운전석에서 정말 줄리아나가 긴 빨간 머리를 흩날리며 내려오는 게 아닌가.

"어머나! 둘이 함께 있네. 정말 잘 됐다. 역시 당신들이었어. 이게 정말 무슨 우연이야? 잘 됐어. 사방에 사람도 안 보이고 전화도 없지, 어떻게 하나 했어. 멋진 우연이야! 가끔 이렇게 다녀? 산보라도 하는 거야?"

무슨 소린가! 새벽 두 시에 산속에서 산보하는 사람이 도대체 어디 있단 말인가.

"널 찾으러 온 거야. 너무 늦으니까. 도대체 어떻게 된 거야?"

"이렇게 된 것도 저렇게 된 것도 아니야. 아침에서야 생각이 난 거야. 내일까지 써야 되는 원고를 안 쓴 게. 필사적으로 끝마쳤는데 팩스는 고장 나 있지, 사람을 불러 그걸 수리하고 나니까 이번에는 상대방의 팩스가 고장 났는지 종이가 없는지 모르겠지만 어쨌든 원고는 보내지도 못했지…. 아, 일진이 사나워, 오늘은."

"아아, 알았어, 알았어. 우선 밥이나 먹어야지."

그렇게 해서 줄리아나의 저녁식사는 새벽 두 시가 넘어서 시작되었다. 탈리아텔레 남은 거에다가 토마토소스를 넣는데 그녀는 소스에 설탕을 치자고 하고 나는 반대한다.

"응, 쓸데없는 말 같지만 난 요리에 설탕은 쓰지 말자는 주의야."

"그건 옳은 방침이지만 이 경우는 토마토에 신맛이 강해서 설탕이 필요한 거야."

"이 토마토 달아, 충분히. 게다가 너 다이어트 중이라 설탕 끊는다고 하지 않았어?"

"내일부터 끊을게. 설탕의 당분은 몸이 정말로 원하는 당분이 아니기 때문에 먹으면 먹을수록 또 먹고 싶어져. 즉 습관성이 있기 때문에 완전히 끊지 않으면 의미가 없는 거야."

사실 그 이론이라면 벌써 몇 년 전부터 그녀한테서 반복해서 듣고 있다. 이번에는 내가 선배 줄리아나를 제쳐 놓고 '무설탕' 요리를 실천한다.

"이론은 잘 알고 있어."

피렌체의 석양

"알았어…. 하지만 정말 조금만 넣는 건 괜찮을 거야."

"그럼, 네 거에만 설탕을 넣어. 내 몫은 이쪽 그릇에 옮길 테니까."

"… 으, 응, 그래 안 넣을게."

줄리아나는 결국 소스에 설탕을 넣지 않기로 했다. 물론 그녀의 자유의지로.

나는 항상 집에 토마토소스를 준비해 둔다. 겨울에는 여름에 만든 것을 냉동해 두었다 쓰는데 그럴 때는 신선한 토마토(아니면 삶은 통조림)를 졸이기만 한 퓌레puree를 많이 장만해 둔다. 조리할 때는 입맛대로 마늘이나 올리브유나 바질 잎을 넣고 소금과 후추만으로 맛을 조절한다. 다른 것, 예컨대 다진 양파라든가 고기 같은 건 일체 넣지 않는다. 이유? 간단하기도 하고 맛도 좋으니까. 한번 해 보시라. 뜨거운 스파게티에는 이것만으로도 충분히 맛이 있을 터. 여름이라면 여기에 바질이나 루콜라 잎을 얹어도 좋기는 하겠지만. 어쨌든 단 소스에 길들여지기보다는 야채 본래의 단맛을 내도록 요리를 하는 게 훨씬 맛있고 건강에도 좋다.

미워할 수 없는 '공주님'

다음 날 날씨가 좋아서 우리는 밖에 의자를 내놓고 하루 종일 수다를 떨거나 독서를 하며 지냈다. 토스카나의 산과 자연이 로마나 제노바의 번잡을 피해 온 줄리아나의 스트레스를 풀어 주었을까?

"그래, 토마란 사람은 완전히 기회주의자가 돼 버린 거야. 못 느꼈어?"

"뭐 에이즈의 시대이기도 하고, 그들 나름으로 고생하고 있는 거겠지."

"근데 그 사람들 부자야. 이탈리아의 세제稅制는 부자들만 우대해서 우리 같은 지식계급은 항상 손해지. 고생하는 건 우리야."

딸이 둥글게 썬 주키니를 올리브기름에 쓱 무쳐서 야생 민트를 뿌린 걸 한 접시 내왔다.

"토스카나는 풍경이 아름답고 사람들이 자부심 강하고 게다가 야채가 맛이 있어. 나는 이탈리아의 휴양지라고 하면 왠지 이탈리안 리비에라라든가 시칠리아의 타오르미나라든가, 하여튼 뉴요커의 영향으로 바다밖에 몰랐던 거야. 그래서 토스카나는 내 인생의 대발견이라고 생각해."

"네가 그렇게 산을 좋아할 줄은 생각도 못 했어. 난 싫어. 하루 이틀이면 몰라도 바다가 내 건강에는 훨씬 좋아. 산에 있으면 추워서 어깨가 결리고 발의 관절이 쑤셔. 게다가 산은 휴가 기분이 전혀 안 나지 않아? 너무 금욕적이라서."

"그런가… 뭐, 너는 원래부터 따뜻한 해안지방 태생이잖아. 그렇지만 바다는 공해로 옛날만큼 아름답지 않아. 그리고 피부를 태우는 건 분명히 암의 원인이 된다고 하잖아. 슬슬 산으로 바꾸어 볼까 해."

어느샌가 나는 필리포 편에 서서 말하고 있었다.

줄리아나는 지금 이탈리아에서는 이민문제가 심각해서 북아프리카인과 동유럽 이민 내지는 구 유고슬라비아 이민이 여러 측면에서 이탈리아의 시민생활을 위협하고 있다고 열을 올려 말했다. 지금이야말로 용감한 정치가가 필요한데 토마 같은 사람은 초보수적인 정치가를 지지하고 있다며 다시 한 번 그들의 '전향'에 대해 분노를 쏟아 냈다.

그날 오후 우리는 자동차로 피렌체 산 로렌초 시장에 가서 믿을 수 없을 정도로 싼 쇼핑을 즐겼다. 그것은 순전히 줄리아나 덕택이었다. 그녀는 옛날부터 물건 싸게 사는 데 선수다. 어떤 물건도 능숙하게 흥정해서 내 눈에는 이미 충분히 싸게 보이는 물건도 30퍼센트는 더 깎아서 사니, 이건 재능이라고밖에 말할 수 없다.

뉴욕에서 처음 그녀를 소개한 친구가 농담 섞어 한 말이 생각난다.

"이쪽은 이탈리아 남부 출신의 '공주님'. 그것도 확고한 페미니스트이자 인텔리 공주님이지. 조금 덤벙대긴 하지만 이런 공주님을 알고 지내면 세상의 3분의 1은 소유한 것 같은 기분이 든다고."라고.

과연 줄리아나 덕분에 나는 예산의 3분의 1값으로 이탈리아 토산품을 살 수 있었고, 맛있는 이탈리아뿐만 아니라 즐겁고 유용한 이탈리아 그리고 살짝 위태롭기는 하지만 지적인 이탈리아를 만끽할 수 있었다.

다만, 토마 말을 들으면 이렇다.

"줄리아나와 행동을 같이 한다는 건 말이야, 때로는 목숨이 왔다 갔다 하는 위험을 감수하는 처지가 될지도 모른다는 걸 의미하니까, 아무쪼록 조심해야 돼. 특히 그녀가 운전하는 차에 탈 때는 안전벨트, 보험 그리고 사후 준비도 잊지 말도록."

①
밀가루
계란 3개
올리브유
소금
②
③
5-6분 반죽한다
④
물을 붓고
또 반죽한다
⑤
다 된 걸
조금씩 잘라
누른다
⑥
사용한
밀가루
셰프
파트리치오
⑦
같은 기계로
탈리아텔레를
만든다
⑧
밀가루를
뿌린 판에
올린다
완성
파트리치오의 탈리아텔레!
TREMISSE
1991
CAPEZZANA
보나코시가 와인
★ 토마토와 바질 소스의
탈리아텔레
Mako '92
at the residence of
Conte Bonacossi, Capezzana, Carmignano Toscana

일곱

모르는 이탈리아, 아베토네 여행

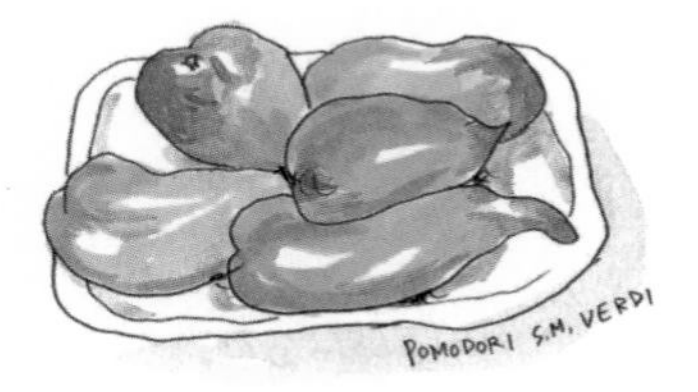
POMODORI S.M. VERDI

이탈리아의 홋카이도로

줄리아나를 로마로 보낸 후 우리는 오전 내내 집 안팎 대청소를 했다.

주방기구나 식기를 씻어서 원래 있던 선반에 올린다. 대리석 바닥을 치운 후 대걸레로 문지른다. 침대 시트는 벗겨서 베네데타가 말한 대로 현관 앞에 쌓아 둔다. 옮겨 놓은 도구나 가구를 제자리로 돌려놓고 쓰레기를 버리고 꽃병에는 들꽃을 꽂아 둔다.

집을 빌릴 때는 항상 있을 때보다도 떠날 때의 청소에 더 신경을 쓰게 된다. 빌린 것은 빌렸을 때와 똑같은 상태로 해서 돌려주는 것이 예의이고, 내 자존심 때문에라도 그것은 지켜야 한다. 프랑스 남부 프로방스의 별장지에는 청소할 시간이 없거나 하기 싫은 사람을 위해 메이드 서비스가 딸린 빌라도 많지만, 여기는 관광지는 아니라서 그런 세련된 서비스는 없고 전부 스스로 해야 한다.

열 시가 넘을 무렵 모두 정리가 되어서 필리포 일가가 기다리는 아베토네Abetone로 출발했다. 카페차나에서 북서쪽으로 100킬로미터, 자동차로 세 시간 정도 아르노 강 상류 쪽으로 간다.

산길로 들어서자 길이 좁아지고 점점 가팔라지면서 주변에 짙은 초록의 숲이 다가오고 때때로 세차게 흐르는 시냇물과 마주친다.

카스텔리아노라는 작은 마을을 지나는데, 바로 아래로 급류가 내려다보이는 곳에 테이블을 놓은 카페가 있어서 잠깐 쉰다. 커피와 빵 외에는 잡화를 늘어놓았을 뿐인 조그만 가게인데 그곳에서 바라보는 풍경은, 어떤 나라의 관광업자라면 금방 고급 리조트 호텔을 지을 생각을 할 것 같은 파노라마가 펼쳐진다. 계곡 물가에 드문드문 보이는 구운 벽돌로 된 집들은 휴가를 위한 별장인지도 모르겠다.

산과 숲과 냇물뿐인 손대지 않은 자연 그대로의 풍경이 한동안 계속된다. 얼마 후, 정상에 아직 눈이 남아 있는 험준한 산을 뒤로 하고 스위스나 독일을 연상시키는 산장 스타일의 호텔이 보이기 시작했다. 온도가 점점 내려가서 스웨터가 필요하다. 관광객이라기보다는 이 근처에서 장기휴가를 보내는 부부나 가족들로 보이는 사람들의 모습이 여기저기 눈에 띄기 시작했다. 관광안내서를 보면 일대는 견지낚시, 캠핑, 래프팅 그리고 등산과 스키로 유명한 곳인 듯한데, 어리석게도 나는 이탈리아에도 이런 북국北國이 있다는 것을 아예 잊고 있었다. 외국인이 이탈리아 반도를 떠올릴 때 왠지 꽃과 녹음과 바다가 펼쳐지는, 늘 여름이 계속되는 남국을 그리기 쉬운데 나 또한 예외가 아니었던 것이다.

"왜 이렇게 늦었어요? 전화 옆에서 한참 기다렸지. 중간까지 마중을 나가려던 참이었어요."

오후 2시 넘어서야 도착하자 현관 앞의 화실에서 그림을 그리고 있던 필리포가 크게 외치며 나왔다.

우리를 위해 준비된 방은 그들 숙소의 1층에 해당하는 곳인데, 작은 부엌과 화장실, 욕실, 여섯 개나 되는 벙크베드(2단 침대)와 붉은색과 흰색의 깅엄 커튼이 달린 예쁘장한 캐빈이었다.

가벼운 식사를 마치고 곧 산에 오르기 위해 출발했다. 두 마리의 개는 이 산행이 즐거운 듯 정말 기뻐하는 것 같다. 도쿄에서는 집의 크기와 환경을 생각해서 고양이 두 마리를 기르고 있는데, 이 사람들이 기르고 있는 개를 보면 항상 개나 고양이나 다른 여러 동물에 둘러싸여 자랐던 어린 시절이 생각난다.

시골살이에는 역시 동물이 없어서는 안 된다.

"자, 출발이다. 모두 발걸음은 괜찮아요? 신발은 편한 걸 신었겠지요."

우리가 신은 신발은 아주 평범한 운동화인데 여행자에게 이 이상의 차림새는 무리다. 그들의 신발을 보니 목이 길고 견고한 등산화인데 그것도 여러 번 신어 익숙한 품이다.

대체 얼마나 되는 거리를 오를 건지 모르겠지만 우리는 베네데타가 운전하는 랜드로버에 함께 타고 필리포가 운전하는 벤츠의 뒤를 따랐다. 다시 좁은 산길을 10분이나 더 달린 뒤 차에서 내려 도보로 올라간다. 평소에 수영으로 체력관리를 하고 있음에도 등산이라고는 학생시절에 해 봤을 뿐이어서 그런지 조금 숨이 가빠왔다.

습기를 머금은 흙냄새가 풍겨 왔다. 어쩐지 향수 어린 냄새였다. 이렇게 산을 걸으며 접하는 모든 것이 향수를 불러일으킨다. 필리포가 아이들에게 산을 걸을 때 주의할 점을 일러 주고 나무나 숲이나 동물에 대해 말하는 모습이 옛날에 할아버지와 아버지가 아이들을 데리고 홋카이도의 산을 걷던 모습과 그대로 겹친다.

"홋카이도 같아요."

"그래요. 여기는 홋카이도를 꼭 빼 닮았지요. 나무 좀 봐요. 이 물기 머금은 연초록은 북쪽 지방 나무의 잎이지요. 그리고, 하늘의 색도 좀 봐요, 이 색은 홋카이도처럼 추운 곳의 색이지요. 어때, 역시 오기를 잘 한 것 같지요? 여름은 뭐니 뭐니 해도 산과 숲이 제일이라니까."

필리포는 예의 산이냐 바다냐의 논쟁을 잊지 않고 있다.

"보세요, 이 호수의 색."

눈앞에 갑자기 거울같이 고요한 라고 산토(산토 호수)Lago Santo가 나타났다. 그것은 바로 내가 태어난 고향 홋카이도의 시골 풍경에 방불한 경치였다.

"아… 바로 이 색, 이 공기, 그런데 어떻게 홋카이도에 대해 그렇게 잘 알아요?"

"사실은 『내셔널 지오그래픽National Geographic』에서 보았지요. 그 잡지의 홋카이도 특집을 본 후 잊을 수 없었어요. 가고 싶냐고요? 아뇨, 가고 싶지 않아요. 꿈의 섬, 꿈의 나라는 평생 안 가는 겁니다. 가지는 않고 꿈을 가만히 품고만 있는 거지요. 현실은 언제나 예상보다 볼품없기 마련이니까."

그때 물결 하나 없는 고요한 청록색 수면에 하얀 선이 곧게 그어지더니 속도를 내어 휙 하고 옆으로 달렸다.

"저것 봐! 송어 떼다! 저거, 사진, 누가 빨리 사진을 찍어요."

필리포가 호숫가를 달리자 두 아들과 개가 전속력으로 뒤따른다.

돌아오는 길에 흰 강을 의미한다는 퓨말보Fiumalbo라는 마을에 들른다. 작은 돌을 깔고 가장자리를 꽃과 잎으로 장식한 길, 연갈색과 흰색 벽돌을 섞어 지은 자그마한 집들의 짙고 옅은 녹색의 나무 문, 돌출창에 달린 파란색, 분홍색, 초록색 차양. 창가에 붉게 어우러져 핀 작은 제라늄 화분들. 의자를 내놓고 앉아 해질녘을 즐기는 마을 사람들의 호기심 가득한 시선과 미소. 그리고 낡고 아담하지만 잘 손질된 교회.

이 전부가, 이탈리아의 이름도 모르는 거리나 마을을 여행하고 있으면 마법처럼 홀연히 눈앞에 나타나는 낯익은 풍경이다.

그중 어떤 것과 마주쳐도 금세 그 마술의 포로가 되어 버린다. 이렇게 사람들은 이탈리아에 홀려 버린다. 다시, 오고 싶다, 반드시 다시, 이곳에 돌아오리라. 남몰래 이름도 없는 조그만 마을이나 거리에서 '숨은 이탈리아'를 발견하는 여행에 나서리라 다짐하고, 이별을 아쉬워하며 그곳을 떠나는 것이다.

"어때, 마음에 들었나요. 루카Lucca를 한 단계 축소시킨 듯한 거리인데 루카처럼 유명하지 않아서 마음에 들어요."

"음, 정말 우아한 거리네요."

"어때요? 바다의 거리 포르토피노에 필적할 만큼 좋을 거요. 아니, 나라면 거기보다 몇 배나 좋다고 생각하겠지만요. 산의 인간이야말로 진정한 의미로 개인주의자이기 때문에 진정한 의미의 사치스러운 생활도 누릴 수 있는 거 같아요. 프라이버시 감각도 뛰어나고."

퓨말보에 완전히 매료된 나는 필리포의 설명에 고개가 끄덕여졌다. 여기서는 필리포의 손을 들어 줘야겠다.

파르미자노에 홀딱

그날 저녁식사도 필리포가 손수 만든다.

"이 고기 맛있네요. 무슨 고기지요?"

"정해져 있지요. 우리 집 토끼. 나는 고기는 토끼와 꿩만 먹는 주의니까요. 이건 오렌지를 넣어 익힌 거예요."

아, 마침내 먹고 말았다. 동그란 눈으로 매일 아침 이쪽을 바라보며 애교를 떨던 토끼를….

이튿날 아침 일찍 아베토네를 출발했다. 베네치아에 어둡기 전에 도착하려면 일찍 출발해야 한다. 가는 도중에, 파르미자노 레자노 못지않게 맛있으면서 값은 훨씬 싼 치즈를 만든다는 공방을 안내 받고 금방 만든 걸 듬뿍 샀다. 친지들에게 줄 선물이 될 것이다.

N은 벌써 파르미자노 레자노의 저 짠맛과 입 안에 부드럽게 퍼질 때의 묘미에 매료되어 이탈리아를 떠나기 전에 이 치즈를 몽땅 사겠다고 잔뜩 벼른다. 확실히 이 치즈는 한번 맛을 들이면 인이 박인다. 처음에는 일본 사람에게는 냄새가 강하다는 느낌이지만 점점 아무리 다른 치즈를 먹어도 이 치즈가 아니면 뭔가 미흡하다고 느끼게 되니 이상한 일이다.

유럽에는 오랜 치즈의 역사가 있는데, 가장 오래된 것은 이탈리아의 페코리노(산양 치즈)로 기원전 1세기 무렵부터 만들어

Cutigliano,
Toscana

졌고 다음이 고르곤졸라(파랑곰팡이 치즈)Gorgonzola로 9세기, 파르미자노가 10세기 그리고 스위스나 프랑스의 치즈가 뒤를 잇는다고 한다.

필리포라면 이렇게 말할 것이다.

"요리든 와인이든 메디치가를 거쳐서 이탈리아에서 프랑스로 간 거지요. 걔네들은 선전에 능해서 마치 자기들이 세계의 문화를 짊어지고 있는 것처럼 말하지만 말이에요. 누가 뭐래도 이곳 토스카나야말로 유럽 문화의 정수지요."

산이냐 바다냐 다음으로 필리포가 좋아하는 논쟁은 이탈리아냐 프랑스냐의 문화 비교일 터이다.

여덟

베네치아
—돼지 통구이와 선禪의 이상한 조화

Gallerie dell'Accademia,
VENEZIA
L'Annunciazione
PAOLO CALIARI
e BOTTEGA

산 마르코 광장의 카페

베네치아에는 저녁 5시에 도착했다.

얼마나 장시간의 드라이브였던가. 필리포한테서 "광적인 자포네제Giapponese, 일본인"라는 말을 들었지만 이번만큼은 운전 좋아하는 N도 어지간히 질렸던 모양이다.

호텔에 들어가 옷을 갈아입고서 산 마르코 광장까지 어슬렁어슬렁 걸었다. 이 도시에 오면 우선 이렇게 하지 않으면 안 된다. 이곳은 운하의 도시, 걷든가 배를 타든가 하는 수밖에 없기 때문에.

물의 도시라서 그럴까, 피부에 척 감기는 듯한 눅눅한 공기와 냄새가 훅 끼쳐 온다.

"덥구나. 어쩐지 공기도 탁하고 어딜 가나 관광객으로 붐비니 역시 산이 바다보다 건강에는 좋을지도 모르겠네."

필리포 같은 소리를 할 정도로 한여름 물의 도시는 무덥다. 토스카나의 숲 속 공기에 익숙해지면 도시의 공기가 낯설어지는 걸까. 야채와 파스타와 생선으로 저녁식사를 마치고 산 마르코 광장의 카페에 설치된 옥외 무대의 밴드 연주를 듣는다. 문득 위를 보니 달이 떴다. 영화 「대부代父」의 주제곡에 이어서 파소 도블레Paso Doble, 경쾌한 4분의 2박자의 스페인 춤곡 연주가 시작되었다. 옆에 앉아 있던 초로의 프랑스인 커플이 천천히 일어나더니 익숙한 발놀림으로 파소 도블레를 춘다. 부드럽고 우아한 스텝으로 춤추는 두 사람을 보자 춤을 좋아하는 나도 춤추고 싶어서 몸이 근질거리는데, N은 어딜 가나 스케치하느라 정신이 없어서 함께 춤출 기색은 전혀 없다. 카페의 모든 손님들이 이 커플을 넋을 잃고 바라본다.

N이 소형 스케치북을 열고 춤추는 남녀, 색소폰, 피아노, 바이올린, 첼로 등등 연주가들을 그리기 시작하자 여기저기서 사람들이 몰려들어 작은 울타리를 이룬다. 웨이터가 졸라 대서 그가 그린 그림을 연주자들에게 보여 주자 왁자하게 웃음꽃이 피어 주변의 분위기가 한층 흥겨워진다.

"벨라(멋지다)bella, 판타지아fantasia."

"팝니까?"

"내일도 오나요?"

"내일은 다른 옷을 입고 올 테니까 다시 한 번 그려 줄래요?"

떠들썩한 대화가 오가고 명함을 주고받는다. 이탈리아 사람들은 언제나 생각한 것, 느낀 것을 솔직히 표현한다. 마치 그렇게 하지 않고는 못 배기겠다는 듯이, 좋아하는 물건과 사람, 싫어하는 사람과 물건에 대해서 아니면 어떤 정치가가 얼마나 나쁜 놈인가, 자기 아내가 얼마나 예쁘고 요리를 잘 하는가… 등등을 말한다. 이만큼 수다스럽고 비주얼하게 표현하는 국민을 나는 달리 알지 못한다. 믿어지지 않을 만큼 정성들여 말한다. 게

다가 그 생각의 강도라는 한 가지 점에서는 그 이상 성실할 수가 없다. 설사 그게 거짓말이라 하더라도 성의가 느껴지는 말투와 목소리와 표정을 그들은 도대체 어디서 어떻게 몸에 익혔을까?

열두 시가 넘어 우리는 어지간히 피로를 느꼈다. 오래된 석조 거리에 마치 극장과 같은 오행奧行을 연출하는 아련한 달빛을 받으면서, 밤의 베네치아 돌바닥에 발소리를 울리며 호텔로 돌아왔다.

이탈리아 사람은 살지 않는 물의 도시

자동차가 없는 운하의 도시는 아침이 조용하다. 일곱 시에 일어나서 바로 피에로에게 연락을 했다. 로마 광장Piazzale Roma에 있는 풀만 바 앞에서 그날 저녁에 만나기로 했다. 피에로와는 뉴욕에 사는 친구 찰스의 소개로 연결되었다. 도쿄에서 이미 편지를 해 두었기 때문에 나의 서툰 이탈리아어로도 전화 통화를 할 수 있었다.

바 앞에 머리가 벗겨지고 배도 나온 중년의 사내가 있었다. 우리를 보고 손을 흔들며 이쪽을 향해 오는데 그 가벼운 몸놀림과 털털한 웃음에 우리는 이미 피에로라는 사람을 좋아하게 되

베네치아의 꽃

었다. 그의 웃는 얼굴은 아무리 기분이 안 좋다가도 저절로 싱긋거리게 될 정도로 천진난만한 것이었다. 입가가 살짝 올라가 있고 흑갈색의 맑은 눈에 걷는 발놀림은 댄서처럼 경쾌하다. 옆에는 큰 키와 흰 피부에 푸른 눈, 외모가 피에로와는 정반대인 청년인 함께였다.

"차오, 차오, 헬로우, 하우 두 유 두, 난 영어는 서툴고 일본어는 못 해요. 그래서 영어의 달인 산드로를 데려왔지요."

빠른 어조로 유쾌하게 산드로를 소개한 후 자동차로 피에로네 집으로 향했다. 그의 집은 교외의 메스트레Mestre에 있다. 대다수의 베네치아 사람들이 이곳 메스트레에서 배로 운하의 거리까지 통근을 한다.

"메스트레로 이사 온 지 1년밖에 안 됐어요. 근데요, 요즘 베네치아에 살려면 웬만큼 부유한 외국인이 아니면 도저히 무리랍니다. 엄청나게 비싸지요."

"베네치아 인구의 태반을 부유한 외국인이 차지하고 이탈리아 사람이라고는 옛날부터 여기에 사는, 정말 한 줌밖에 안 되는 큰 부자들뿐이지요. 그것도 위층은 외국인 차지고 싼 1층이 이탈리아 사람 몫이에요. 그렇지만 1층은 이제 곧 물에 잠길 테니 아무도 살고 싶어 하지 않아요. 이탈리아라는 나라는 옛날부터 외국인을 위해서 있는 나라 같아요. 외국인이 오지 않았다면 이탈리아는 벌써 끝났을 거예요."

줄리아나가, 이탈리아 정부는 이탈리아 정세에는 전혀 무지한 갓 이주한 외국인에게도 투표권을 주기 때문에 터무니없는 정치가들이 설쳐 댄다, 잘 대처하지 않으면 이 나라는 망해 버릴 것이라고 씩씩거렸는데, 공평한 시각에서 보아도 확실히 이탈리아는 외국인을 우대하고 있다. 하기야 같은 이탈리아 사람이라도 북과 남은 서로 외국인 취급을 하고 있기는 하지만.

"그렇지만 이탈리아 사람은 자신이 나고 자란 동네에서 벗어나려 하지 않아요. 평생 그곳에 살고 같은 풍경과 인정人情 속에서 죽어 가지… 그게 소망이니까 하는 수 없지요."

"산드로, 그건 이탈리아가 가난했던 시절의 일일 거야. 지금은 이탈리아 사람 역시 외국에 나가고 싶어 하잖아."

"그래요, 그래도 나갔다가 돌아와서는, 정말이지 이탈리아라는 나라는 좋은 나라, 사랑할 만한 아름다운 나라라는 걸 이전보다도 강하게 느끼게 돼요. 바로 그것을 실감하기 위해서 외국에 나가는 거지요."

"아, 벨라 이탈리아(아름다운 이탈리아)Bella Italia라는 거겠지요. 그렇지만 이탈리아에는 그만한 가치가 있어요, 틀림없이."

내가 끼어든다.

"벨라 이탈리아요…. 그렇지만 난 말이에요, 영국 사람으로 태어나고 싶었어요. 아니면 일본 사람이라도 좋았을까. 일본에는 가본 적이 없지만요."

"예? 정말로? 피에로, 어째서요?"

"영국 사람으로 태어났다면 이 아름다운 조국을 훨씬 더 격렬하게 강하게 사랑했을지도 모르지요. 그래서예요."

"음, 변증법이란 놈? 마치 연애처럼 복잡한 과정을 거쳐서 조국을 사랑해 보고 싶다는 거네요."

나는 E. M. 포스터Edward Morgan Forster의 소설에 등장하는 영국인이 이탈리아에 가 있는 동안에 타고난 근엄성실한 도덕이 흐릿해지고 어느새 이탈리아의 열정이 넘치는 기분에 물들어 '미묘한' 감정으로 되어 가는 이야기가 생각났다.

돼지 통구이와 선과 이탈리아인

피에로의 집에는 15분 정도 걸려서 도착했다.

커다란 뒷마당에 면한 발코니에 내놓은 테이블에는 열 명쯤의 젊은 남녀가 앉아서 음료를 마시고 있었다. 한 명 한 명 소개를 했는데 절반은 독일인이고 나머지가 이탈리아 젊은이들이었다. 오늘 저녁은 지난달 교통사고를 당한 피에로 조카의 퇴원 축하를 겸한 디너파티라고 한다. 이탈리아에서 독일 관광객을 만나기도 하지만 여기 있는 독일 사람들은 이탈리아어를 배우는 학생들인 것 같다. 이탈리아와 독일은 생김새나 성격이 정반대라서 그런지 서로 좋아하고 또 서로 경의를 표한다.

특히 이탈리아의 야심 있는 젊은이들은 독일의 눈부신 경제발전에 관심이 많다. 유럽경제권에서 자신의 장래를 다지기 위해서라도 독일어를 배우고 독일에 연줄을 가지고 싶어 하는 것 같다.

테이블 한가운데 햄 한 덩어리가 나왔다. 소금에 절여 단단히 건조시킨 건데 내 힘으로는 칼끝도 들어가지 않는다. 옆에 앉은 산드로가 주머니에서 칼을 꺼내 능숙한 솜씨로 잘라 준다. 유럽 남자들은 항상 칼을 가지고 다니다가 여차하면 척 꺼내서 위급한 상황을 넘기곤 하는데, 이게 꽤나 멋지다. 언제나 그 절묘한 타이밍에 감탄할 뿐이다.

폴렌타Polenta가 나왔다. 이것은 옥수수가루를 스프로 끓인 건데 북부 산악지대의 가난한 사람들이 파스타 대용으로 먹던 것이다. 쌀과 마찬가지로 제법 배가 불러서 나는 별로 먹히지 않는데, 이 고장 사람들은 햄 한입 먹고 폴렌타를 그러넣고 고기 한입 먹고 폴렌타를 듬뿍 먹는 식이다. 꼭 일본 사람들이 자반연어로 밥을 먹듯이 대량으로 폴렌타를 먹는다. 남부 이탈리아 사람들이 북부 사람들을 욕할 때 '폴렌토네Polentone'라는 말을 쓰는데, 산드로 말로는 북부의 가난한 식습관을 업신여기는 거라고 한다. 분명 싼값에 배부를 수 있는 방법이지만 그다지 좋아

베네치아의 작은 다리

지지는 않는다.

식사하는 내내 산드로의 도움을 받아 피에로와 이야기를 했다. 그러다가 그가 일본식품도 취급하는 자연식품점을 경영하고 있는 걸 알고 놀랐다. 이곳 이탈리아에서 일본식품이나 자연식품을 팔다니.

"물론 거의 팔리지 않기 때문에 장사하는 재미는 없어요. 그렇지만 난 젠Zen에 흥미가 있으니까요."

"젠? 선禪 말이에요? 당신, 가톨릭이 아닌가요?"

"물론 가톨릭이지요. 하지만 가톨릭보다도 선이 훨씬 종교라는 느낌이 들지 않아요?"

"어째서요?"

"니엔테niente, 영어로 말하면 너싱nothing이지요."

"아, 무無요. 무상無常의 무. 무의 경지요."

"그래요. 정말 완벽한 철학 같아요. 젊었을 때 난 거기에 강하게 끌렸어요. 나도 무이고 싶다고 동경하고 있지요. 현실에서는 니엔테의 사상은 거의 실천할 수 없지만요."

피에로의 불룩한 배라든가 넉넉하게 사람들을 유화시키는 웃음이라든가 정말 호들갑스럽고 드라마틱한 신체의 움직임을 보면 그는 틀림없이 이탈리아 사람이다. 슬림한 선의 사상과는 좀처럼 연결되지 않는다.

"알아요, 나를 전형적인 이탈리아 사람이라고 생각하겠지요? 당신이 나한테서 받는 인상은 지나치게 이탈리아적인 남자, 다시 말해 선과는 전혀 반대되는 거지요? 바로 그래서 동경하는 겁니다. 아, 참 좋아요. 동양의 사상은 몸을 긴장시켜요."

그때 커다란 접시에 돼지 통구이 요리가 나왔다. 정말이지 돼지의 얼굴, 다시 말해 돼지의 코도 귀도 눈도 입도 다 달려 있는 그야말로 통구이였다. 한창 '니엔테, 무'의 사상을 이야기하는 와중에 나온 것치고는 어딘지 안 어울리는 그로테스크한 음식이다.

"오늘 저녁은 독일 젊은이들이 직접 만든 특별 요리인데, 어때요, 근사하지요?"

돼지 통구이가 독일 요리인지 이탈리아 요리인지는 모르겠다. 아마도 어느 나라에도 있을 터인데 생김새를 논외로 하면 맛은 나쁘지 않다. 그렇기는 해도 구워 부서진 돼지 얼굴을 바라보면서 하는 식사는 그다지 유쾌하지는 않다. 순간 토스카나의 야채와 파스타가 그리웠다.

테이블 너머로 피에로를 보니, 그는 돼지의 발을 물어뜯는 참이었다.

"내가 좋아하는 건 고기보다도 낫토라든가 소바라든가 히지키 같은 거지요. 그렇지만 오늘 저녁은 특별히. 음, 이 고기, 부드럽네!"

혹시 이 나라에 태어나서 이런 환경에서 살았더라면, 나도 동양의 끝 자포네Giappone, 일본라는 나라에 있다고 하는 '니엔테의 세계'를 동경했을지도 모른다.

아홉

포르치니 버섯에 쏟는 이탈리아인의 뜨거운 시선

MELANZANE VIOLA

예약은 예약이 아니었다

그리고 이듬해.

우리는 다시 이탈리아를 찾았다.

이번에는 도쿄에서 이리저리 알아보았음에도 불구하고 피렌체에서 자동변속 자동차를 빌릴 수가 없어서 하는 수 없이 밀라노에서 차를 빌려 토스카나로 들어가게 되었다. 이렇게 된 김에 중간에 제노바에 들러서 토마와 네루를 만나기로 했다.

밀라노에서 제노바 시내로 들어가는 길이 복잡해서 몇 번이나 헤맸다. 호텔에 도착했을 때는 이미 가을 해가 훌쩍 저물고 있었다. 먼저 제노바 교외 바룰레 마을에서 주말을 보내고 있는 토마에게 전화를 해 본다. 도쿄에서 보낸 팩스에 그날 낮쯤 하여 도착할 거라고 전해 두었다. 워낙 세심한 토마라 우리의 도착을 가늠해서 이것저것 계획을 세웠을지도 모른다는 걸 생각하면 이렇게 늦은 게 마음에 걸렸지만 할 수 없다.

"지금 도착했어? 늦었구나. 이제는 기다리다 지쳤어. 저녁으로 모처럼 포르치니porcini를 잔뜩 준비했는데."

역시… 나는 우선은 허츠 렌터카가 일본에서 예약하고 확인까지 했는데도 예약한 차를 준비해 주지 않았다고 사건의 전말을 보고하며 그에게 동정을 사려고 했지만, 토마는 아무렇지도 않게 말했다.

"뭐라고? 예약이라는 게 무효가 될 리가 없잖아?"

"그래, 전화와 팩스로 몇 번이나 확인한 예약이야. 예약을 믿을 수 없다면 여행의 일정을 전혀 잡을 수가 없잖아?"

"뭐, 여기는 이탈리아니까."

그건 그렇다. 이탈리아 사람에게는 이런 비장의 카드가 있다. 이탈리아에서는 일이 결코 예정대로는 되지 않는다. 그 사실은 이탈리아 사람들이 누구보다도 잘 알고 있다. 모르는 건 여행자들뿐인가.

밀라노 공항의 허츠 렌터카 사무실에는 우리와 마찬가지로 예약했는데 차가 없다는 사람, 계약할 때의 요금과 차이가 난다는 사람 등 화가 나서 언성을 높이는 사람들은 주로 외국인이었다. 이탈리아 사람에게는 익숙해진 일이다.

약속이나 예약이 허사가 되고 예정을 잡을 수 없다는 인상은 스물 몇 해 전에 처음 이 나라를 찾았을 때도 똑같았다. 이후에도 그런 점들이 개선된 기미는 전혀 없다. 그렇다고 해마다 이탈리아를 찾는 관광객이 줄어든다는 이야기는 못 들어 봤다. 몇 년 전 프랑스에서 파리 사람들의 관광객을 대하는 태도가 좋지 않아서 관광객이 격감한 것이 문제가 되었고, 이후 '영어 합니다'라는 간판이 늘고 친절해졌다는 이야기를 들었다. 하지만 아무리 약속을 안 지켜도 이탈리아를 찾는 관광객이 줄었다는 이야기는 들은 적이 없다.

이탈리아 사람들이 눈에 쌍심지를 켜는 진귀한 버섯

그런데 포르치니라는 것은 미식가인 이탈리아 사람들이 기를 쓰고 먹고 싶어 하는 고급 버섯이다. 일본인에게 송이松相와 같은 건지도 모른다. 연전에 이탈리아에서 토마와 만났을 때 그가 거금을 들여 구입한 산속 별장 뒤편에 포르치니가 난다는 이야기를 했다. 그 가치를 모르는 나는 무심히 "응, 그래?" 하고 대답했는데 마침 동석한 이탈리아 사람이 "정말 운 좋네!" 하며 선망의 눈길을 그에게 보내던 게 생각난다. 어쨌거나 이 포르치니 풀코스에 초대받는다는 것은 대단히 영광스러운 일일 터이다.

"어쨌든 오늘 저녁은 이미 늦었으니까 일단 쉬고 포르치니는 내일 점심에나 먹기로 하자."

우리의 도착이 한나절이나 늦은 데 대해서 토마는 아주 시원스럽게 예정을 변경하겠다고 말한다. 예정대로 되지 않는 데 익숙해진 사람은 타인의 사정에 대해서도 대체로 관대하다.

다음 날 아침결에 바룰레 마을에서 돌아온 토마와 카페에서 만났다. 토마와 네루는 제노바 중심가에서 경영하는 화랑 말고도 두 채의 아파트와 교외의 별장 등 모두 네 채의 건물을 가지고 있다. 그것만으로도 부동산과는 별 인연이 없는 나에게는 자산가로 보이는데, 정작 그는 불경기로 장사는 안 되고 내야 할 세금은 많아서 늘 우울하다고 호소했다.

"이탈리아 사람들은 당신뿐 아니라 누구라도 늘 그렇게 넋두리를 하지만 외관상 아주 쾌적하게 살잖아. 같은 유럽에서도 프랑스나 영국 사람들이 살림살이는 훨씬 검소하지. 그런 점에서 이탈리아 사람들은 돈이 없다고 하면서 스위스 은행에 비밀구

좌를 가지고 있다든가, 맛있는 걸 먹고 와인을 마시고 노래하고 춤추고 연애를 하고 여행을 하고 전원주택을 가지고, 훨씬 인생을 즐기는 걸로밖에 보이지 않아."

"응, 그렇기는 해. 그래도 말이야, 지금까지 계속해 오던 장사를 그만둬야 한다면 역시 고통스럽지."

"그렇지만 러시아를 봐, 인도를 봐. 그리고 동유럽의 갖가지 비극을 보라고. 그런 데 비하면 모양 좋은 포르치니를 몇 개 찾아냈는가에 일희일비한다는 건 역시 행복한 거야. 당신들의 푸념이나 불만에는 이제 진심으로 공감할 수가 없어."

"하하하, 그렇다고 해서 오늘의 포르치니를 포기할 용기는 아무도 없을 거라고."

"그건 그래."

토마는 웃으면서 시계를 보았다.

"자, 가자. 네루가 기다리고 있어."

버섯이 넘치는 오찬

그들의 아파트 중 하나는 17세기에 지었다는 오래된 건물의 맨 꼭대기에 있는데, 어떤 방에서나 항구와 바다가 내다보인다.

현관을 들어서면 바로 아르데코 풍의 유리그릇이 빛깔도 화려하게 진열되어 있고 거실과 침실의 벽은 온통 바우하우스 미술과 초현실주의적인 작품들로 가득하다. 가구는 어느 것 할 것 없이 골동품이고 다 내력 있는 것들뿐이라고 해서 실수 잘 하는 나로서는 혹시라도 건드릴까 조심스러웠다.

그림과 미술품으로 그득한 여러 개의 방을 천천히 돌아보고서는 설레는 마음으로 부엌으로 한 발짝 들어섰다. 그리고, 말문이 막혔다.

부엌 탁자 위, 포도 잎을 깐 커다란 소쿠리에 까지 않은 밤송이로 주위를 두르고 마치 그림같이 색을 갖춘 버섯들이 한가득 담겨 있었다. 자루 부분이 희고 굵고 갓 부분도 살이 두툼한 아주 실한 포르치니와 한번도 본 적이 없는 예쁜 오렌지색 버섯이었다.

“이건 포르치니 중에서도 특별히 잘 생긴 놈, 이쪽의 오렌지색은 오불리ovuli라고 하는데 버섯의 왕이지. 나도 이걸 발견한 건 무려 10년만이야. 멀리 일본에서 그대가 온다고 해서 최고의 버섯을 필사적으로 찾아다녔어. 오로지 미치코를 위해서 딴 버섯이야. 어때, 이 아름다운 노란색, 그리고 오렌지색의 깊이!”

세상에 참 미사여구 서론이로군! 물론 기분이 나쁘지는 않다. 나는 토마의 해설에 고개를 끄덕이면서 기쁜 마음으로 부엌에 눌러앉는다.

먼저, 네루가 마늘 껍질을 벗기고 주키니의 노란 꽃을 씻어서 늘어놓는 사이 토마는 전용의 작은 솔로 버섯의 흙을 떨어내기 시작했다. 향이 달아나지 않도록 물은 사용하지 않는다. 섬세한 버섯의 갓이 부서지지 않게 가벼운 터치로 슬쩍 칼을 대서 표면의 미끈거리는 부분을 걷어 내고 자루에는 솔을 댄다. 깨끗하게 된 버섯은 일본제 세라믹 나이프로 얇게 저미는데, 토마의 눈초리나 손놀림은 마치 고가의 미술품이라도 다루듯이 신중하다. 특히 오불리를 얇게 써는 데 세심한 주의를 기울인다. 오렌지색과 흰색 부분이 비쳐 보일 정도로 살짝 겹쳐 놓은 버섯에 천일염을 뿌려서 몇 분 두었다가 최고급 올리브유 엑스트라 버진을 몇 방울 떨어뜨리기만 한, 더 이상 심플할 수 없는 방법으로 혀에 닿는 산뜻한 감촉을 즐긴다. 이것은 버섯 회라고나 할까. 특히 향기와 씹는 감촉이 생명인데 풍미가 아주 섬세하다.

다음은 포르치니를 사용한 파스타다. 면은 여든 넷 되신 토마의 어머니가 오늘 아침 일찍 만들어 주신 납작한 탈리아텔레. 파스타용 버섯소스에 크림과 우유를 쓰지 말아 달라는 나의 희망을 받아들여서 네루는 마늘 반쪽과 버터를 넣은 도기 냄비를 약한 불에 올린다. 버터가 녹으면 파슬리를 썰어 넣는다. 조금 후에 얇게 저민 포르치니를 종이 타올로 습기를 빼고 넣어 다시 약한 불에 살짝 익힌다. 마지막으로 천일염으로 간을 맞춘 후 불을 끈다.

"버섯 요리의 요령은 말이야, 첫째도 둘째도 너무 익히지 않는 것, 향이 생명이거든."

음, 알아, 알아. 그런 거라면 나도 실천하고 있어, 하고 연방 고개를 끄덕이지만, 버섯에 대한 그들의 극진한 태도와 신중한 칼놀림을 보고 있자니 나의 요리가 너무 거친 게 아닌가 반성이 되었다.

큰 냄비에 삶은 뜨거운 탈리아텔레를 미리 덥혀 놓은 그릇에 담아 얼른 소스를 얹는다.

"그릇을 덥혀 놓는 것도 요령이야. 용기가 차가우면 애써 만든 뜨거운 파스타가 식어서 맛이 없어지거든. 이탈리아의 엄마들은 귀가하는 남편이나 아이들의 발소리에 귀를 기울이면서 파스타 물을 끓이고 오른손에는 파스타를 움켜쥐고 기다리지."

"그런 타이밍은 나도 알아. 나도 파스타 요리를 할 때는 모두 테이블에 앉아 있는지 어떤지에 가장 신경을 써. 파스타를 먹을 때 금방 먹지 않는 사람이 있으면, 이 녀석, 사람이 정성을 기울여서 뜨거운 걸 해 줬으면 이제 냉큼 먹어 치워야지 싶지."

"하하하, 보라고, 일본 엄마도 이탈리아 엄마와 다르지 않아. 아, 그래그래, 또 한 가지, 포르치니소스가 있다. 이건 포르치니에 저민 소고기와 토마토를 넣은 거지. 만드는 방법은 토마토소스 만드는 요령이랑 같아. 오래 두고 싶을 때 쓰는 방법이야."

부엌 옆의 식당에서 토마와 우리들이 뜨거운 파스타를 볼이

터지게 먹고 있는 사이 네루가 주키니 꽃 튀김과 포르치니 튀김을 만드느라 애쓰고 있다.

얇게 썬 포르치니 튀김은 아삭한 게 씹히는 맛이 정말 놀랄 만큼 가볍다. 순간, 어, 이게 뭘까, 하고 이빨이 놀라고 이어서 혀 위로 버섯이 살살 녹아, '아, 포르치니구나!', 하고 실감하게 되는 느낌. 또 향은 뭐라고 할까, 아무튼 더할 나위 없이 가뿐해서 자꾸자꾸 먹게 된다.

정열에는 가격 같은 건 매길 수 없다

빵은, 제노바 특산인데 그 이름도 멋있는 포카치아focaccia라는 네모나고 납작하게 구운 빵이다. 올리브와 로즈마리와 짠맛이 어울려서 향긋하다. 아침은 갓 구운 뜨거운 것을 커피와 함께 먹는다. 갓 구운 것은 플레인 피자를 먹는 듯한 느낌인데 정말 맛있다. 식은 빵에 햄이나 야채를 끼워서 샌드위치를 만들면 이건 이것대로 또 일품이다.

"콩가루로 구운 파리나타farinata도 이 지방 빵인데, 좋아해?"

"아, 먹어 본 적 있어. 그렇지만 난 지금 콩 종류는 안 먹어, 밀가루 빵만 먹지."

"그럼 오늘 저녁은 네루 엄마한테 포카치아 만들어 달래자."

"빵도 집에서 구워?"

"우리 세대는 이제 그런 번거로운 일은 하지 않지만 말이야, 엄마 세대는 파스타도 빵도 전부 집에서 해. 우리는 그런 부모 밑에 자란 마지막 이탈리아인인지도 몰라. 행운이지."

"그래도 이탈리아의 근대화는 적당한 속도를 유지하고 있어서 인간미와 자연이 잘 남아 있는 것 같아."

"그건, 다른 나라보다는 약간 나을지도 모르지만, 그래도 소용없어. 모든 게 시대와 함께 변해 가지. 그래서 우리도 도시에서 벗어나려고 바룰레에 산과 집을 산 거야. 자, 샐러드와 과일을 먹고 바로 바룰레로 출발이다. 서두르지 않으면 해가 저물어서 포르치니를 딸 수 없게 돼."

"그럼 디저트와 커피는 생략하자." 내가 말했다.

"안 돼. 끝까지 다 챙겨 먹고 나가자고."

"거 봐. 역시 이탈리아 사람이야. 일본 사람이라면 이럴 땐 디저트는 생략하지. 무엇보다, 본격적인 식사를 하루 두 번 한다는 건 참 대단한 일이야! 그래도 어쨌거나 서두르지 않으니까, 좋네. 나도 이런 페이스가 좋아지려 해."

"하지만 늦은 건 그쪽이야."

"미안. 그렇지만 지각하는 손님한테도 익숙해질 거야. 이탈리아에서는 꼭 늦어지게 되더라."

필리포네 농장의 가금류

"그래도 지난해 여름에 저녁 8시 반에 온다고 해 놓고 10시에 온 당신들의 지각은 정말 충격이었지, 아주."

"그건 줄리아나 잘못이었어."

네루가 차를 가지러 주차장에 간 동안에, 부근 시장에서 조사한 그날의 버섯 가격은 다음과 같다.

포르치니가 1킬로에 5만 리라(약 3,800엔), 오불리가 15만 리라(약 11,000엔).

뭐든지 싼 이탈리아에서는 결코 싼 건 아니다. 뿐만 아니라 포르치니 중심의 버섯 삼매에 빠졌고, 토마와 네루의 예사롭지 않은 배려와 솜씨가 더해진 것을 생각하면 오늘의 포르치니 식사는 값을 매길 수 없을 정도로 비싼 점심이었는지도 모른다.

포르치니가 나는 땅이 딸린 별장이 있는 친구를 가지고 볼 일이다.

열

집에서 만든 포카치아 빵은 엄마의 손맛

자연을 지키려면 돈과 노력이 필요하다

바룰레 마을은 제노바 북서부 로실리오니Rossiglioni라 불리는 지역의 산중에 있었다.

토마는 바다 쪽의 포르토피노에서 태어났지만 네루는 산 쪽의 바룰레에서 나고 자랐다.

고속도로를 벗어나 10분쯤 달리자 양쪽으로 울창한 숲이 다가온다. 토스카나의 숲과는 달리 나무의 초록이 한층 더 진하다. 습도 때문일까? 중세의 교회와 다리가 그대로 남아 있는 아름다운 마을을 조금 지나 냇물을 따라 좁은 산길을 더 달리자 엷은 오렌지색 교회가 나타났다. 그 옆으로 들어가면 '여기부터 사유지라 자동차 출입을 금함'이라는 팻말과 출입문이 있다. 여기부터가 토마와 네루의 별장지이다.

1년 전 이 길을 찾기까지 줄리아나가 적어도 다섯 명의 마을 사람에게 길을 물었던 게 생각난다. 그때는 이미 밤이 이슥해서 짙푸른 풍경도, 교회가 있는 중세의 거리도 볼 수 없었다.

그날 밤의 일은 잊을 수가 없다. 뜻밖에도 제프가 에이즈로 세상을 떠난 소식을 전하는 바람에 대화가 무거워지긴 했어도, 12년만의 재회였고 우리에게는 쌓인 이야기가 산처럼 많았다. 정신 차렸을 때는 이미 새벽 두 시가 넘어 있었다. 여름이라고는 해도 차가운 산의 밤공기 속을 회중전등으로 발밑을 비추면서 차가 있는 곳까지 왔는데, 몇 번이나 해 봐도 차의 시동이 걸리지 않았다. 졸음이 단번에 달아나 버렸다. 줄리아나가 전조등 끄는 걸 잊었던 것이다.

"줄리아나는… 지금쯤 로마에서 무얼 하고 있을까."

"어, 이건 유쾌한 우연이네. 나도 지금 막 줄리아나를 생각하고 있었는데."

"하하하, 이 길을 볼 때마다 덤벙대는 줄리아나가 생각나겠지. 그날 밤 여섯 명이 마구 구겨 타고 달린 건 잊을래야 잊을 수가 없어. 우린 덕분에 모처럼의 휴가를 망쳐 버렸으니까."

바룰레의 푸른 산에 저녁 해가 반사되어 초록색 산 표면에 벌건 베일을 씌운 듯 기묘한 빛이 비치고 있다.

집 근처는 조금 높은 곳이어서 거기부터 골짜기를 향해 완만한 경사가 져 있고, 그 위쪽으로는 더욱 짙푸른 숲이 이어진다. 집의 뒤편도 산이라 집이 자리한 곳이 꼭 산중턱에 만든 평탄한 녹지 같다. 집 옆으로 낸 테라스에서 내다보이는 것은 온통 산과 숲뿐으로 어디에서도 인가가 보이지 않게 되어 있었다.

본채에서 10미터 정도 떨어진 곳에 오래된 오두막이 있다. 그곳의 토방은 토마와 네루가 후원하는 젊은 조각가의 작품으로 꾸몄는데, 예전에는 밤을 건조시키는 오두막이었다고 한다.

"300년 된 집인데, 수세식 화장실과 전화를 놓았어. 전봇대도 보기 싫어서 전선을 땅에 묻고 원래대로 흙을 덮어 다시 나무와 풀을 빽빽하게 심었지. 그 공사에만 땅값에 맞먹는 막대한 돈과 시간이 들었어. 물도 산에서 솟는 샘물을 수도로 끌어오려고 그야말로 엄청난 공사를 했지. 그뿐인 줄 알아, 이 지역은 국립공원이라 관청의 허가를 받아 내는 것도 엄청난 난관이었어."

거 참, 듣기만 해도 엄청나다. 아무튼 이건 단지 산속의 농가는 아니라는 거다. 그런데 그걸 단순한 농가처럼 보이게 하려고 막대한 자금과 노력을 기울였다니, 그들에게는 그 일을 할 의사와 재력이, 무엇보다도 문화적인 의지가 있다는 얘기일 터이다. 이익 추구에만 열심인 어떤 나라의 기업이 백 년 후의 풍경이 어떻게 될까 하는 상상력이 전혀 결여된 무책임한 개발을 하고 있는 것과는 크게 다르다.

"사치스럽지만… 부럽네."

"뭘, 취민데."

본채의 부엌 쪽에서 네루가 페스토소스를 만드니까 오라고 큰 소리로 부른다.

"모르고 보면 마치 삼백 년 전부터 하나도 안 변한 풍경이라고 사람들은 생각하겠지. 그런데 유럽 전체가 그런 느낌이야. 우와, 멋져!, 자연이 '손을 안 댄 채' 그대로 남아 있다고 믿어 버릴 만큼 사실은 손을 댄 자연이라는 거야."

우리 외국인들이 유럽에서 자주 감탄하는 '유럽의 아름다운 전원풍경'이 실은 이러한 개인의 투자와 수고와 정열로써 겨우 유지되고 있다는 걸 확실하게 배웠다.

“저기 밤 말리던 오두막 외벽, 분홍빛이 도는 회반죽 벽 있잖아, 그걸 보존하려고 이탈리아 전국에서 장인을 찾아보았지만 회반죽에 저런 색을 섞는 기술을 가진 사람은 이미 구십 넘은 장인들밖에 없었어. 그런 장인들은 이미 죽었거나 살아 있다고 하더라도 벌써 은퇴했지. 그래도 네루는 그 오두막을 어쨌거나 원래의 상태… 그러니까 그가 기억하는 소년시절의 상태로 복구하고 싶다고 말하고 있어. 지금 그는 300년 전 기와를 구하려고 전국에 광고를 내서 찾아 모으고 있지. 정말 까무러칠 만큼 지난한 시도라고는 생각하지만.”

오래된 건물이 철거된다는 소식을 들을 때마다 네루는 아무리 먼 길도 마다않고 달려간다. 지금까지 사 모은 기와가 저녁 햇살을 받은 풀 위에 테라코타 색의 빛을 반사하며 널려 있다.

“그렇구나, 알았어. 이 지역의 집들은 네루의 과거, 네루의 소년시절 그 자체인 거야.”

“그래, 그의 조상은 300년 동안 이 지역에서 밤 농가의 소작을 부쳤어. 소작이니까 대대로 가난하고 자기 땅이라고는 가져본 적도 없었지. 3년 전에 이곳 지주가 드디어 이 광대한 산과 집을 팔겠다고 해서 나는 망설이지 않고 사기로 한 거야.”

“네루를 위해서? 미담이군.”

엄마의 수제 빵과 파스타

자갈을 밟는 소리가 들려서 돌아보니 백발의 할머니가 네루의 손에 이끌려 자동차에서 내리는 참이었다. 네루의 어머니 첼레스테, 정확하게는 첼레스티나다. 오늘 저녁은 우리들의 식사를 위해서 근처에 혼자 사는 첼레스테가 요리사로서 특별 출장을 해 주었다고 한다. 우리는 그녀와 함께 본채로 돌아갔다.

"보나 세라Buona sera, 저녁 인사" 하고 할머니는 생긋 웃으면서 우리에게 손을 내밀었다. 새하얀 머리카락을 예쁘게 빗어서 뒤로 둥글게 묶고 흰 스웨터에 빨간 귀걸이를 한 그녀는 가방에서 잘 어울리는 빨간 앞치마를 꺼냈다.

"우리 엄마 첼레스테가 포카치아를 구워 줄 거야."

네루가 조금 부끄러운 듯 이렇게 말하고 거실의 스토브에 장작을 넣어 엄마가 빵을 만들 준비를 해 둔다. 옛날부터 쓰던 파스타 반죽판에 첼레스테가 강력분 밀가루와 베이킹파우더, 더운 물, 소금, 올리브유를 섞어서 반죽하기 시작했다. 여든 살을 넘긴 노인이라고는 생각할 수 없을 정도로 힘이 세다. 다 된 반죽을 평평하게 편 후에 적당한 크기로 잘라서 표면에 로즈마리를 뿌리고 올리브유를 발라서 굽는다.

네루가 솜씨를 뽐내는 페스토소스는 먼저 잘게 썬 바질과 마늘, 파르미자노 레자노 가루와 최고급 올리브유와 소금을 한데 섞는다. 요리책을 보면 파르미자노 말고도 페코리노 치즈를 쓴다고 되어 있는데, 페코리노는 지방이 많아서 맛이 너무 기름지기 때문에 네루는 최고급의 파르미자노 프레스코(발효기간이 짧고 냄새도 부드러운 타입)Parmigiano Fresco를 바로 갈아서 쓴다고 한다. 일본에서 파마산 치즈라고 하면 대개가 이미 가루로 된, 통에 든 치즈여서 진짜 파르미자노 레자노와는 전혀 딴판이다.

진짜 파르미자노는 자른다기보다도 칼끝을 치즈 덩어리에 찔러 넣어서 툭툭 부스러진 조각을 입에 넣는다. 그때 삶은 밤 같은 감촉과 짭조름한 발효미가 입 안에 퍼진다. 아무튼 한번 맛보면 잊을 수 없다. 그 습관이 평생 지속될 만큼 맛있는 치즈다. 그리고 페스토소스에는 원래 페코리노 외에 생크림도 듬뿍 사용한다. 하지만 이것도 내 입맛에 따라 넣지 않기로 한다.

"음, 대신에 버터를 쓰면 아주 맛있게 완성되지."

그렇게 말하면서 네루는 밭에서 금방 따온 초록빛이 생생한 바질과 치즈로 만든 걸쭉한 소스에 버터를 넣는다.

첼레스테의 수제 파스타는 트로피에테trofiette라 불리는 뇨키gnocchi의 일종으로 길이 3센티 정도의 끈 모양의 면이다. 소스가 잘 묻도록 꼬여 있는 것이 특징이다. 왜 그런지 스파게티에는 페스토소스를 쓰지 않는다. 페스토소스에는 링귀네linguine 또는 바베테bavette라고 불리는 납작한 면이든가 뇨키로 정해져 있다. 까닭은 묻지 않기로 했다. 옛날부터 그렇게 되어 있는 걸 보면 여러 가지 파스타 중에서 그것이 페스토소스에 가장 잘 맞겠지.

이제 버섯 요리인데, 충분한 양의 버터와 올리브유에다가 둥글게 썬 감자와 포르치니를 넣고 천천히 시간을 두고 약한 불에 익힌다. 또 하나의 스토브에서는 페스토소스를 재빨리 버무린 뜨거운 트로피에테가 완성된 참이다. 거실에서는 첼레스테가 스토브 위의 프라이팬에 땅콩기름을 데워 포카치아를 막 구워 냈다.

"아, 나는 감자는 넣지 말아 줘. 포르치니만 넣고."

"참 약아빠지긴. 자, 미치코가 남긴 감자는 누가 먹나? 맞아, N 거에다 넣자."

"포르치니를 많이 먹는 사람은 대신 설거지를 할 것."

"좋아, 설거지 정도는 자신 있지."

"유감스럽게도 오늘 저녁은 설거지가 필요 없어."

테이블 위에는 꽃무늬 종이접시가 요리마다 접시를 바꾸도록 몇 장씩 겹쳐서 한 사람 한 사람 앞에 놓여 있다. 밤늦게 다시 제노바로 돌아갈 것을 생각해서 간단히 치울 수 있도록 오늘 저녁은 전부 종이접시로 때우려는 거다.

이탈리아 요리는 자유자재

그런데 페스토소스로 버무린 트로피에테는 지금까지 어디서 먹은 것보다 맛있었다. 아마도 페코리노나 생크림이 들어간 본래의 페스토소스는 내 위장에는 너무 부담스러웠을 게 틀림없다. 바질과 치즈와 올리브유만 넣어 이렇게 가벼운 소스를 만들 수 있다는 건 몰랐다. 이런 거라면 일본에서도 간단히 시도해 볼 수 있겠다. 이렇게 이탈리아 요리에는 엄밀한 규칙이 별로 없고 언제라도 먹는 사람, 만드는 사람의 형편과 입맛에 따라 어떤 식으로도 응용이 가능하고 바뀔 수 있다. 그것이 이탈리아 요리의 매력이기도 하다. 외국인의 색다른 요구에도 관용으로 맞추어 주는 그 유연성이 멋지다.

이날 두 번째 큰 식사가 끝나고 별장을 나왔다.

"아아, 정말 오늘은 하루 종일 먹었네, 고마워…. 근데, 토마, 당신, 저 바룰레의 집은 최고의 구입품이었어."

"그런 거 같아? 지독한 돈 먹는 하마야. 어쨌거나 매일같이 돈만 들어가니까 때때로 진절머리가 나기도 하지만 그런 얘기를 들으니 기분이 좋네."

"그렇지만 당신처럼 여유가 있는 사람에게는 그런 투자도 필요해. 멋진 전원생활이잖아. 이런 집을 가지고 있으면 우리 친구들한테도 훨씬 좋지. 가끔 놀러 올 수도 있고."

바룰레 마을의 오두막

"내년 여름엔 정말 장기간 머무는 게 어때? 채소밭도 있고, 빵도 파스타도 모두 네루 엄마가 만들어 주고, 또 그때는 우리 엄마도 만나면 좋을 거 같은데."

동성애는 유전자에 의한 것이라는 설이 주류로 되어 가고 있지만, 네루의 어머니에 대한 배려나 토마의 어머니에 대한 생각이 각별한 걸 느낄 때마다 내게는 한 가지 생각이 떠오른다. 그것은, 그들은 세상의 어머니들이 아들에 대한 사랑을 더 완벽하게 성취하기 위해서 또는 어머니를 향한 아들의 사랑을 독점하기 위해서 형상화된 성性의 형태의 하나가 아닐까 하는 가설이다. 아무리 과학적 근거가 있는 설을 제시해도 나는 자꾸 그런 생각에 사로잡히고 만다. 그런 나 역시 세상의 어머니들이 아들에 대해 품고 있는 환상으로부터 자유롭지 못한 건지도 모르겠다.

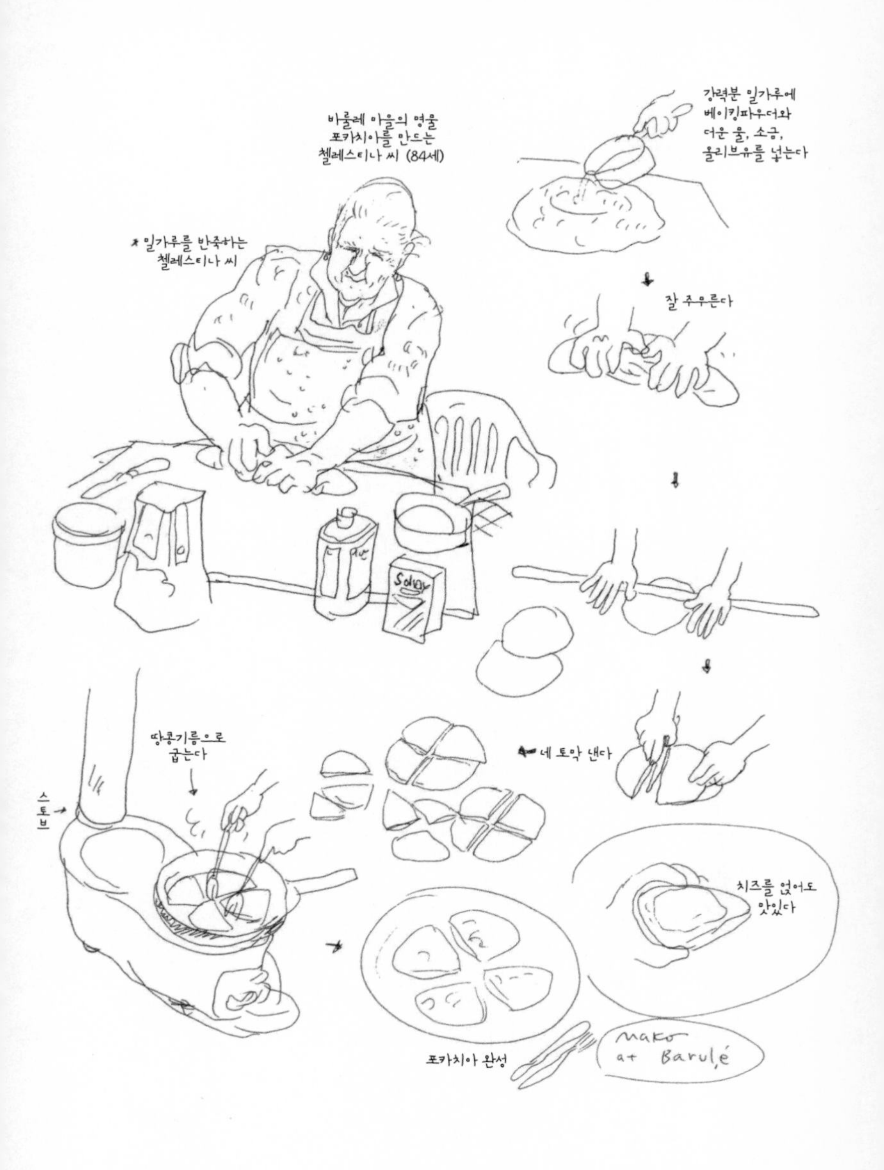

바룰레 마을의 명물
포카치아를 만드는
첼레스티나 씨 (84세)
* 밀가루를 반죽하는
첼레스티나 씨
강력분 밀가루에
베이킹파우더와
더운 물, 소금,
올리브유를 넣는다
잘 주무른다
네 토막 낸다
땅콩기름으로
굽는다
스토브
치즈를 얹어도
맛있다
포카치아 완성
Mako
at Barulé

열하나

황금의 가을, 다시 찾은 토스카나

Lattuga

말의 죽음과 새 생명의 시작

밀라노에서 빌린 차로 제노바에 들렀다가 피렌체를 빠져나와 겨우 세아노 마을에 도착했을 때는 짧은 가을해가 이미 꼴딱 저문 뒤였다.

1년 전에 여름을 지낸 지역이라 어두운 산길에서도 대강 감이 잡힌다. 표지가 되는 쓰레기 바구니에서 왼쪽으로 꺾어서 눈 아래 저 멀리 피렌체의 야경을 보면서 조심스럽게 자갈길을 나아가자 개 두 마리가 짖으면서 달려 나왔다. 주인집에서 기르는 개 니체와 탈리아다.

"차오, 1년만인데, 잘 지냈니? 볼피노 이탈리아노(이탈리아의 스피츠)Volpino Italiano!" 하고 외치자 알아들었는지 어쨌는지 두 놈이 꼬리를 흔들며 차의 뒤를 따라왔다. 시끄러운 소리를 들은 필리포가 파이프를 물고 밝게 웃으면서 현관 앞의 등나무 아래에서 커다란 몸집을 드러냈다.

"야, 잘 왔소. 길이 다 기억나지 않아요?"

15개월만의 재회를 기뻐하면서 나는 필리포의 얼굴을 보았다. 어? 뭔가 다르다. 턱수염이다. 뺨에서 턱에 걸쳐서 빽빽하던 갈색 수염이 싹 없어지고 코 밑 수염만 약간 남겨 두어서 그런지 묘하게 허전해 보인다.

"수염이 사라졌네요."

Mako '92,
Capezzana,
Toscana,

토스카나의 나무 그늘

"그래요. 그동안 이곳에서 달라진 건 내 수염이 사라진 것 정도겠지요. 그리고는 모두 그대로지요. 아, 그래, 말 피옴보가 죽었지."

"예? 죽었다구요…."

"우리 집의 최대 비극이었지요. 평생 처음이자 마지막일지도 모르는 유고 여행인지 뭔지를 한 탓이지요. 여행 같은 건 하지 말았어야… 견지낚시를 하러 가서 집을 비웠을 때의 일이었지요."

원래 피옴보는 야생마였다. 어느 날 집 앞 숲에 나타난 후 집에서 기르게 되었는데 사람을 잘 따라서 정말 귀여웠다.

소리를 듣고 베네데타가 나왔다. 조금 살이 쪘나 했는데 어쩐지 배가 부른 것 같다.

"또 하나의 변화…."

내가 두 사람에게 사인을 보내자 바로 베네데타가 "그래요, 내년 1월이에요." 하고 남자처럼 짧은 머리와 화장기 없는 얼굴에 웃음을 머금었다.

"어쨌거나 짐을 풀고 쉬세요. 그리고 차나 한 잔 하러 오세요. 내일은 하루 종일 비가 와요. 어차피 밖에 나갈 만한 날씨는 아니지요."

한입마다 되살아나는 토스카나의 맛

이튿날 아침.

산의 공기 탓인지 다섯 시에는 눈을 뜬다. 곧바로 뒷마당으로 해서 아직 어둑어둑한 밖으로 나가 보니 대나무 지붕이 달려 있는 식사용 테라스가 있다. 작년에는 없었던 것이다. 질그릇 단지에는 제라늄이 선명한 빨간 꽃을 달고 있다. 안개가 자욱한 밭으로 내려가서 야채를 딴다. 엷은 황록색의 연한 양상추가 무성하다. 루콜라는 거의 끝물이고 주키니도 이제 열매를 맺지 않는다. 파슬리와 바질을 뜯어 옆의 수도에서 흙을 씻고 있는데 새끼 고양이와 그 어미인 듯한 놈이 다가왔다. 머리를 쓰다듬어 주자 새끼는 어리광부리는 소리를 내며 도망쳐서 어미의 가슴을 파고든다. 그때, 고양이들이 무서운 듯 재빨리 물러나더니 마치 정글에 사는 동물처럼 날쌔게 옆의 나무를 타고 올랐다.

"차오."

한 손에 예초기를 든 필리포였다. 흰 스탠드칼라 셔츠에 이번 가을에 유행하는 수수한 분홍빛 바지 차림이다. 이런 멋진 색의 작업복은 처음 보지만 특별히 비싼 것은 아닌 듯하다. 어쨌거나 이 나라 사람들은 한결같이 색채 감각이 뛰어나서 사소한 일용품에도 아름다운 색조가 드러난다.

그건 고대유적이나 건물의 색조를 보아도 분명한데, 그들은

빈치 마을의 언덕

대대로 아름다운 물건에 둘러싸여 살아왔다. 색채에 대한 감각이 환경에서 생겨나고 길러진다는 것은 이탈리아 사람들을 보면 한눈에 알 수 있다.

내가 아는 한 주인집 부부는 입는 데는 거의 돈을 들이지 않는다. 베네데타는 매일 색 바랜 파란 면 셔츠에 역시 면 바지 차림. 겨울이 되어도 비슷한 색조로 모직을 입을 게 틀림없다. 언젠가 양복은 어디서 사냐고 물은 적이 있는데, 대개는 카탈로그를 보고 통신판매로 산다고 대답했다. 백작가의 딸 내외는 일본인이라면 환장을 할 이탈리안 패션과는 별 무관한 사람들인 것 같다.

"근데 이 고양이들, 작년에 여기 있던 놈들과는 다른 것 같아요."

"맞아요. 고양이는 두 달마다 새로운 놈이 와요. 여우나 독수리나 올빼미한테 잡아먹히기 때문에 오래 살 수 없지요. 그런데 한 가지, 고양이를 집 안에 들여놓으면 안 돼요."

필리포가 검지를 세우며 말했다. 고양이를 좋아하는 나에 대한 경고인데, 독수리가 채 간다는 말에 나는 잠깐 감상적이 되고 만다.

이날은 밀라노에서부터 끌고 온 여장을 천천히 풀고, 부엌에서는 치킨수프를 만들 요량으로 닭 한 마리를 큰 냄비에 넣고 오래도록 보글보글 끓이면서, 때때로 밖에 나가 나뭇잎 색이 변해 가는 토스카나의 산을 바라보기만 했는데 어느덧 해가 저물어 버렸다.

오늘은 밭에서 딴 야채에 레몬만 짜 넣은 샐러드와 슈퍼마켓에서 사온 로만 레타스를 홍화유로 무친 것 그리고는 바케레토 마을에서 산 토스카나 빵과 치즈 정도로 간단하게 식사를 때웠다. 여행 도중 호텔이나 레스토랑에서 먹은 것을 소화시키기까지 나흘 정도는 야채 중심의 식사를 해서 위장을 쉬기로 한다.

치즈도 햄도 버터도 향기가 좋아서, 이곳에 오면 먼저 식재료들의 신선도가 좋다는 걸 느낀다. 소금기 없는 토스카나 빵의 무뚝뚝한 맛을 혀가 기억하고 있어서 한입 씹을 때마다 1년 전의 태양과 초여름의 초록빛이 몸속에서 되살아난다.

필리포의 예보로는 하루 종일 비가 올 거라고 했는데 그럴 낌새도 안 보인다. 새파랗게 활짝 갠 것도 아니지만 비도 오지 않는다. 지난해 어느 날에도 그의 "큰일났다. 지독한 폭풍이 불어올 거야. 창이나 문이나 모두 안에서 빗장을 걸어 두도록" 하는 경고에 하루 종일 집 안에서 가만히 숨죽이고 있었던 일이 생각났다. 결국 그날은 약간의 비가 내렸을 뿐 폭풍은 불어오지 않았다. 필리포의 '예보'는 언제나 '딱 잘라서' 단언하는 만큼은 들어맞지 않는다. 누구 한 사람 그것을 문제 삼지 않는 것이 나로서는 아무래도 우습기도 했지만.

그래도 이날은 저녁부터 휴우, 휴우 하고 소리를 내며 바람이 불기 시작했다. 이런 날에는 저 고양이 모자는 어떻게 밤을 보낼까. 올빼미나 여우의 먹이가 되지 않았으면 좋겠는데. 산의 어둠을 응시하면서 조바심을 치는 사이 졸음이 와서 10시가 못 되어 잠들어 버렸다.

토스카나의 사과

다음 날 아침, 다시 다섯 시에 잠이 깨서 침실 창으로 밖을 보니 산은 온통 안개에 싸여 있다. 한참 바라보는 동안 점점 안개가 걷히더니 낯익은 바케레토의 산봉우리가 뚜렷하게 드러난다. 뒷마당에 나가니 고양이 울음소리가 들린다. 보니까 어미만 몇 미터 앞에서 이쪽을 보고 있는데 한 걸음만 다가가도 도망가 버린다.

어제 저녁에 먹고 남은 닭고기를 던져 주자 나무 그늘에 숨어 있었는데도 농구선수처럼 멋지게 앞발로 잡아채는 게 놀라웠다. 주인집에 놀러온 개 삐삐가 그 냄새를 맡고 달려와서 고기를 빼앗으려 하지만 새끼 고양이가 이를 드러내며 으르렁대자 맥없이 물러간다. 어미는 남은 고기를 문 채 사라졌는데 조금 뒤에 그것을 새끼에게 주는 모습이 멀리 보여서 기뻤다.

마치 톱을 켜듯이 몸무게를 다 실어서 힘껏 썬 토스카나 빵을 다시 바삭바삭하게 구운 토스트와 세 종류의 양상추무침과 푸른 사과와 커피로 아침식사를 마친다. 구우면 비스킷처럼 딱딱해지는 이 지역 빵은 익숙해지면 맛은 있지만 꼭 아래턱 부근이 어긋나는 것 같은 기분이 든다. 이런 빵을 몇 세기에 걸쳐서 먹고 있는 토스카나 사람들의 이와 턱은 틀림없이 튼튼할 거라는 생각이 든다.

아침 일찍부터 일하는 주인 일가의 아침식사는 홍차에 빵과 치즈랑 햄인데, 나의 이탈리아 친구 중에 아침을 이만큼 먹는 사람은 별로 없다. 도시에 사는 친구들은 아침으로 가게에서 파는 러스크rusk라고 하는 마른 빵과 커피만 먹는다고 하고 개중에는 그것도 안 먹고 점심에 두 끼 분량을 합쳐 잔뜩 먹는다는 사람도 있다.

이탈리아는 사과가 맛있다, 라고 말하면 고개를 갸웃할 사람이 있을지도 모르겠지만 정말 맛이 있다(토스카나 사과라고 해야 할지도 모르겠다). 영국이나 미국에도 있는 황록색에 열매가 아주 단단한 그라니 스미스Granny Smith도 나쁘지 않지만, 이 근처 농가에서 재배하는 알이 작은 사과가 가장 맛있다. 색은 녹색에 약간 붉은 기를 띠는데 골프공보다 약간 클 정도로 알이 잘다. 베어 물면 신맛이 입 안에 퍼지고 수분이 가득 배어 나오는데, 상큼하게 씹히는 맛이 정말 말도 못 한다. 슈퍼마켓에서 파는 사과도 대충 맛보았는데 이 작은 사과보다 나은 건 지금껏 만나지 못했다. 같은 종류의 사과를 미국이나 영국, 프랑스에서도 본 적이 있다. 내일 마을의 종묘상에서 묘목을 살 수 있는지 물어봐야겠다.

드디어 닥쳐온 산의 폭풍

가랑비라도 뿌릴 것 같은 쌀쌀한 날이다. 차를 홀짝이며 워드프로세서로 글을 쓰고 있는데 갑자기 밖이 캄캄해지고 천둥이 울리고 번개가 치는가 싶더니 쏴 하는 소리를 내며 폭우와 천둥이 일거에 몰려왔다. 드디어 진짜 폭풍인가, 필리포한테 들은 말이 떠올랐다. 전등을 켰지만 번개가 칠 때마다 불빛이 가물거리고 켜졌다 꺼졌다 한다. 애써 입력해 놓은 워드프로세서의 내용을 날려 버리면 큰일이기 때문에 (사실은 작년에도 역시 갑작스런 정전으로 사흘분의 작업을 한순간에 날리고 말았다) 작업을 일단 중지했다. 바람과 우뢰는 점점 더 심해져서 당장에라도 집이 통째로 날리지 않을까 하는 생각이 들 정도로 격렬해졌다. 바로 이것이 1년 전에 필리포가 예고한 '산의 폭풍'이 틀림없다. 우리는 황급히 집 안의 덧문과 창문을 모두 닫아건다. 지금에야 1년 전의 경고가 쓸모 있는 것 같다.

그때 훨씬 커다란 소리와 빛이 집 안을 덮쳤다. 갑자기 어둠 속에 잠긴다.

정전이다. 드디어 전기가 나갔다. 창의 덧문을 열고 이웃의 창들을 보았다. 점심 무렵이 조금 지났는데 어디나 캄캄하다. 동쪽을 보아도 안개와 비가 심해서 바로 앞도 안 보인다. N이 어디선가 양초와 회중전등을 찾아와서 한동안 촛불로 책을 읽지만 눈이 피로해서 그것도 힘들다. 결국 단념하고 침대로 기어드는데 난방도 끊어져 추워서 잘 수가 없다.

이렇게 되자, 그나마 음악이 좋겠구나 하고 말해 보았으나 주인집에서 빌려 온 라디오도 전지식이 아니라는 게 생각나 쓴웃음을 짓는다. 정말 어쩔 도리가 없다. 그렇지 않아도 아무것도 없는 산의 생활이지만 여기서는 자동차와 전기가 없으면 손발 잘린 거나 마찬가지다.

조금 졸다가 깼을 때 비는 아직 내리고 있었지만 천둥은 멎었다.

밖에 나가 보니 바케레토 마을의 일부는 정전이 복구되었는지 조그만 오렌지색 불빛이 집들의 창가에서 가물거리고 있다. 집으로 달려 돌아가 전기차단기를 찾아내서 이리저리 시도해 보았지만 전기는 들어오지 않는다. N이 우산을 쓰고 촛불 빛으로 집 밖을 뒤져서 겨우 쇠로 된 상자 두 개를 발견. 함부로 만져도 되는지 어떤지 몰라서 이웃에 사는 호주인 부부에게 도움을 구한다.

옛날에 런던에서 기자 생활을 했던 부부는 이 나라에 산 지 벌써 18년이 된다고 한다. 산타클로스 같은 백발의 이웃사람은 한 손에 회중전등을 들고 와 주었다.

"어? 필리포가 없네. 이거 낭패네, 나도 잘은 모르는데."

그래도 그는 밑져야 본전으로 빨간 표시가 있는 긴급 스위치라는 걸 눌러 보았다. 그러자 외등이 켜졌다. 얼마 있어 집 안의 전기도 들어와서 갑자기 문명세계로 돌아왔다.

다음 날 이른 아침 밭에서 만난 필리포는 이런 일에는 익숙한지 태연스레 말한다.

"야아, 어제 폭풍우는 대단했어요. 산 너머 마을에서는 물이 넘쳐서 많은 집들이 떠내려가 큰 피해를 입었어요. 아니, 지난번 폭풍우 때는 우리 집 앞길도 무너졌고 밭의 피해도 컸지요. 그런데 정전이 되었을 때 어떻게 해야 되는지 아직 가르쳐 주지 않은 것 같은데."

"그건, 이웃 분이…."

"그거 잘 됐네. 뭐, 전기라는 건 없으면 없는 대로 어떻게든 되는 거지요."

나는 납득하지 못한 채로 고개를 끄덕이기는 했으나, 이곳에서는 무슨 일이 있어도 스스로 판단해서 해내지 않으면 안 된다는 것을 새삼 실감했다.

그날 아침은 여섯 시에 기상. 해외여행이 좋은 것은 시차 관계로 이른 아침부터 잠이 깨는 거다. 나는 그걸 이용해서 외국에 나올 때마다 아침 먹기 전, 아직 아무도 일어나지 않았을 때 일을 한다. 일본에 돌아온 후에도 그렇게 들인 습관으로 한동안은 이른 아침에 일어나서 집중해야 할 일들을 처리한다. 아무리 해도 익숙해지지 않는 시차도 그런 식으로 사용하면 제법 득을 본 것 같은 기분이 된다.

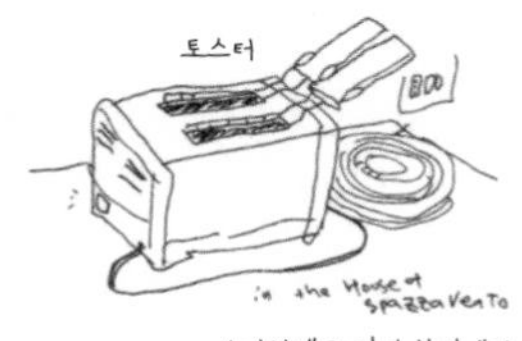

스파차벤토 집의 부엌에서

그렇지만 이곳 토스카나의 산속에서는, 필리포나 부근 농가 사람들이 일찍 일어나는 데는 아무리 해도 못 따라가겠다. 그들은 해가 뜰 무렵에는 일어나기 시작해서 내가 일어날 때쯤은 한바탕 일을 끝낸 뒤다.

열둘

수확은 즐거워 -명문 와인의 포도 따기

폭풍우 후의 포도 따기

폭풍우 이튿날은 오렌지색 액체가 흐른 것 같은 아침놀로 밝았다.

오늘은 맑을 것 같다. 날이 맑지 않으면 곤란하다. 산 아래쪽에 사는 루이지 벨리니 집안의 포도 수확을 도와주기로 했기 때문이다. 카페차나 일대의 포도밭에서는 이번 주말이 수확의 절정이 될 터이다. 이날을 위해 근교에서 많은 사람이 몰려온다. 산길로 오고가는 차도 다른 때보다 많고 산이나 숲 속에도 다른 때는 보이지 않던 사람들이 눈에 띈다.

야채무침과 베이컨과 피타 빵으로 아침을 마치고, 얘기 들은 대로 양말 두 켤레에 고무장화를 신고 준비 완료. 늘 그러듯이 분홍 바지에 파이프를 문 필리포가 데리러 왔다. 어린 두 아들 피에트로와 아토레도 함께다. 피에트로는 음료수를 넣은 배낭을 메고 있었다.

포도밭까지는 완만한 비탈길을 걸어 내려갔다. 벌써 열 명 정도의 남녀가 일을 시작하고 있었다.

"본 조르노."

"본 조르노, 아, 필리포네 손님들이군요. 안녕하세요."

근처 사람들이 모두 간단히 인사를 나눈다. 포도를 덩굴에서 잘라 낼 가위와 커다란 양동이를 건네받고 바로 시작했다. 포도

포도 따는 사람들

따기는 비 오는 날과 비 오는 날 사이에 단번에 해치워야 하므로 일손이 없으면 할 수가 없다. 이 근방에서는 피렌체나 근처 도시의 친척이나 친구들이 일제히 몰려와 토요일 하루에 시끌벅적한 가운데 끝내 버리는 경우가 많다.

포도밭에 서니 과일의 달콤한 향이 코를 자극한다. 포도나무에는 무르익은 포도 열매가 가지가 휘어질 정도로 달려 있다. 손바닥으로 받치면 묵직한 느낌이 전해져 왠지 충만한 기분이 된다.

"좀 늦은 거 같아. 지난주에 땄어야 했는데 워낙 비가 많이 와서."

필리포가 중얼거렸다.

요령이라고 할 만한 기술은 크게 필요 없다. 가위로 포도 잎을 걷어 내고 묵직하게 달린 포도를 왼손으로 받치면서 꼭지에 가위를 대고 잘라 그냥 양동이에 떨어뜨리기만 하면 된다. 약간 깨져도 상관없다. 땅바닥에 떨어진 것도 주워서 하나도 남김없이 모은다. 양동이는 금방 가득 차서 내 힘으로는 도저히 들 수가 없다. 꽉 찬 양동이를 영차 하고 어깨에 들어 메서 대기 중인 트럭 뒤 짐칸에 텅 하고 올려놓는 일은 남자들 몫이다.

포도의 당분으로 금세 손이 끈적끈적해지고 익은 열매에서는 발효한 듯한 냄새가 피어올라 와인을 마시고 난 듯 얼큰한 기분이 된다.

밭은 토스카나의 푸른 하늘을 향해 끝이 보이지 않을 정도로 이어져 따도 따도 포도가 없어지지 않을 것 같았는데, 그래도 해가 완전히 하늘 높이 솟을 무렵에는 절반 이상의 수확이 끝났다.

"이쯤에서 잠깐 쉬기로 할까?" 하는 소리가 들렸을 때는 벌써 세 시간은 지나 있었다. 나는 익숙하지 않은 자세와 노동으로 벌써 녹초가 되었다. 양동이를 그 자리에 둔 채 루이지의 집으로 돌아온다. 뒷마당의 수도에서 손과 장화의 흙먼지를 씻어낸다. 손가락도 손톱도 포도의 보라색이 물들어 아무리 씻어도 지워지지 않는다.

빈속에 스며드는 수프 파스타

루이지의 아내 리타와 어머니 조반나가 나와서 사람들의 노고를 치하하고 외국인인 우리에게도 빠른 말투로 잡담을 하는데 좀처럼 그칠 줄을 모른다. 뒷문으로 해서 안으로 들어가니 꽤 넓은 부엌이 나왔다. 큰 테이블과 긴 의자와 조리대가 있고 스토브에는 커다란 냄비가 놓여 있어 맛있는 냄새를 풍긴다. 긴 의자 끝에 걸터앉자 조반나가 거기는 가족들 자리라며 더 안쪽으로 우리를 데리고 가 계단을 몇 개 올라간 곳에 있는 다이닝

10월 5일 저녁
포도 수확을
마치고
카페차나의
포도 수확

★농가 벨리니 씨 집의 저장고
"VINSANTAIA".
Luigi Bellini's House
Capezzana.
Toscana

룸으로 안내해 주었다.

나무로 된 큰 테이블 위에는 15인분의 접시가 놓여 있고 막 자른 빵이 바구니에 가득 담겨 있다.

"자 이리 앉아요. 만자레Mangiare, 드세요. 식사 권유의 인사말, 만자레."

"점심은 가볍게 듭시다. 아직 일도 남아 있고 저녁은 또 저녁대로 토스카나식 시골 요리로 한 상 차릴 테니까, 지금은 어디까지나 가볍게 먹는 거예요."

루이지가 그런 경고를 한다. 남자만 열 네 명이 있었던가. 남자들과 함께 식탁에 앉아 있는 여자는 나 혼자다. 이 집 여자들은 옆에 있는 커다란 부엌에서 음식을 만들면서 자기들끼리 떠들썩하게 먹고 있는 듯 즐거운 웃음소리가 들려온다.

"위민 인 더 키친Women in the kitchen인가? 근데 당신들은 언제쯤에나 우리와 함께 식탁에 앉을 거요?"

그렇게 말하면서 필리포는 나를 향해서 해설이라도 하듯이 얘기했다.

"이 집 여자들은 영리해요. 아무리 말해도 이리 와서 함께 먹으려 하지 않지요."

"그건 부엌에서 먹는 게 훨씬 맘 편하고 맛있는 걸 먹기도 쉬우니까 그렇지요."

"맞아요. 미국 여자들은 여권女權을 주장한 만큼 손해를 보았을지도 몰라. 그렇게 생각하지 않아요? 여자는 언제나 가장 좋은 집의 가장 좋은 자리와 가장 좋은 남자를 택해 왔지요. 여자의 힘은 바로 그 한 가지 즉 특등석을 감별해 내는 후각에 있다는 겁니다."

조반나와 필리포가 그런 대화를 주고받는다.

다이닝 룸도 넓지만 부엌의 식당도 열 명은 앉을 만한 규모다. 그 방은 바깥의 밭으로 통하는 넓은 토방이라는 느낌이 드는데 식당 겸 부엌으로 되어 있다.

조반나가 길쭉한 스테인리스 냄비를 테이블 한가운데 놓았다. 맛있는 냄새와 더운 김이 피어오른다. 치킨수프 같다. 필리포가 그릇에 담아 주는 역할을 한다. 이 나라에서는 어딜 가나, 적어도 눈에 띄는 부분에서는 남자가 식사 시중을 든다. 슈퍼마켓이나 정육점에도 남자가 물건을 사러 오고, 내 여자 친구들 남편이나 연인들은 예외 없이 음식 솜씨가 좋다. 내가 우연히 그런 경우만 맞닥뜨린 건지 아니면 이것이 이탈리아 북부 내지 중부 중산층의 현실인지는 잘 모르겠다. 그런데 프랑스 남자들은 맛있는 걸 먹고 싶어 하는 데 비해서는 부엌에 오래 머무를 정도로 요리에 대한 열정을 가진 것 같지는 않다. 그러면 일본 남성들은 어떨까? 아마도 부엌에 들어갈 열정조차도 없는 경우가 많을 듯하다. 하지만 그것이 반드시 그들만 탓할 일은 아닌 것 같다. 항상 생각하는 거지만, 이곳의 부엌에는 누가 들어와도 금방 그곳의 주인이 될 수 있는 설비와 분위기가 있다. 남자를 부엌으로 끌어들이고 싶다면 먼저 부엌에 그러한 시스템을 만들어 놓는 건 어떨까?

수프는 감칠맛 나는 닭고기 육수에 란체테라고 하는 쌀처럼 생긴 자잘한 파스타를 듬뿍 넣은 뜨거운 것이었다. 후 후 불면서 먹는 수프는 짠맛과 알 덴테al dente, 꾸덕꾸덕하게 좀 덜 익힌 상태로 삶아진 파스타의 씹는 맛이 어우러지는데 말도 못하게 맛이 있다. 노동을 한 후의 공복에 마치 스며드는 듯하다. 나는 여기에 야채와 빵이면 충분하다고 생각하지만, 남자들은 파르미자노 가루를 듬뿍 넣고 또 와인을 부어서 마신다. 이렇게 하면 몸을 덥히는 효과가 있다. 북쪽 지방의 수프 먹는 방식이라고 한다. 이거야말로 가벼워서 좋은 점심이라고 생각하고 있는데 잠시 뒤 로즈마리와 올리브유로 요리한 토끼고기가 큰 접시에 수북이 나왔다. 이곳에서는 가벼운 식사에도 고기가 빠지면 안 되는 것인가. 나는 건너뛰었지만 남자들은 고기는 물론 한 잔 가득한 와인도 빠뜨리지 않는다.

'가벼운' 점심은 한 시간 만에 끝나고 포도 수확이 다시 시작된다.

장화를 신고 아까와는 다른 포도밭으로 가니 발이 흙 속에 푹푹 빠져 잘 걸을 수가 없다. 어제 밤새 내린 비 때문에 일대는 어디라 할 것 없이 진창이었다. 포도를 실은 트럭의 바퀴도 흙 속에 박혀서 옴짝달싹을 못한다. 모두 함께 타이어 밑에 돌을 넣어 보고 나무토막을 괴고 밀었다 끌었다 해 보지만 트럭은 꿈쩍도 않는다. 결국은 무선으로 카페차나에 있는 또 한 대의 트럭을 불러 체인을 걸어서 끌어 올렸다. 그 사이 한 시간 정도는 아무것도 안 하고 빈둥빈둥하고 있었던 셈이다. 그래도 남은 두 시간 남짓 다시 포도를 따서 오늘의 수확이 무사히 끝났다.

돌아오는 길에 비탈길을 오르는데 무릎 근처에서 덜덜 소리가 나는 듯한 느낌이 들었다. 이런 육체노동을 한 게 대체 몇 년 만일까.

수확을 축하하는 만찬

옷을 갈아입고 일곱 시에 다시 외출이다. 일곱 시 반에 루이지네 집에서 오늘의 수확을 축하하는 만찬이 열리기로 했다.

우리는 일곱 시가 조금 지나 필리포의 차로 루이지의 집을 찾았다. 이번에도 다이닝 룸에는 15인분의 식사가 준비되어 있고, 여자와 아이들은 부엌의 큰 테이블에서 금방 나온 스파게티를 막 먹는 참이었다. 점심때는 나 혼자 여자 손님이었지만 저녁에는 베네데타도 두 아들을 데리고 자리를 함께했다.

남자들은 먼저 집에서 만든 루비색 와인을 서로의 잔에 부어 주며 올해도 무사히 수확을 마친 것을 기뻐한다. 여기서도 필리포는 리더 격으로 그가 말하기 시작하면 자리는 조용해지고 일제히 그의 얼굴을 보며 열심히 듣는다. 그가 백작 집안의 사위라서 그런 것만은 아닌 것 같다. 어쨌거나 필리포 판토니는 이 부근에서는 상당히 유식한 사람이다. 미술교사와 디자이너로 일한 경험을 가진 인텔리인데다가 그에게는 사람들의 주의를 끌고 이야기를 듣고 싶게 만드는 분위기가 있다.

젊은 시절 여행을 하며 세계를 보고 온 그의 박식은 일본의 구로사와黑沢明, 1910~1998 영화에서 미국의 자연보호운동에 이르기까지 폭이 넓다.

그런데 이탈리아 사람만큼 얼굴에 계급이 뚜렷이 드러나는 국민은 없는 것 같다. 그리고 이탈리아 사람만큼 용모 면에서 타고난 국민 또한 없다. 베르베르인의 피를 나눈 북아프리카에도 잘생긴 사람들이 많지만 이탈리아에는 못 당할 거다. 미국에서라면 『GQ』 매거진의 표지 모델이나 젊은 배우로 착각할 만한 남자가 이탈리아에서는 트럭을 운전한다든가 품팔이 농민으로 포도 따는 일에 열중하는 경우가 수두룩하다. 이 나라에 도착하는 순간 사람의 생김새나 미모의 기준이 훌쩍 높아지는 걸 느낀다. 예컨대 뉴욕 언저리에서 "와, 대단히 멋진 남자다."라고 할 정도의 용모는 이곳에는 지천으로 널려 있다고 해도 좋다. 나는 하느님이 미모 또한 그 사람의 '능력'의 하나로 주셨다고 믿는데, 이 나라의 어린이나 젊은이들 중에는 그러한 자신의 드문 '재능'을 아예 눈치채지 못하는 사람이 많은 데 또 한 번 놀란다.

필리포의 얼굴에도 지성과 품격을 갖춘 아름다움이 있다. 그리고 베네데타를 비롯해서 백작 집안 사람들에게는 선택된 자들만 지닌 고귀한 미의 비너스가 대대로 계승되고 있었다. 베네데타의 아들 아토레를 본 독일 사람이 "음, 이 아이는 어린 카사노바네."라고 소곤대는 걸 들은 적이 있는데, 이 아이 역시 그 외모에 보기 드문 '재능'을 가진 한 사람인 것 같다. 이제 네 살인 아토레의 그윽한 눈빛에 사로잡혀 가슴이 두근거린 사람은 나 혼자만이 아닐 것이다.

안티파스토는 토스카나에서 흔히 먹는, 오븐에 살짝 구운 빵 위에 생햄, 계란, 올리브를 마요네즈로 버무리고 닭 간 페스토 정도를 얹은 크로스티니Crostini, 작은 토스트다. 다 맛있어서 무심코 많이 먹게 되는데 어쨌거나 전채前菜다. 너무 먹으면 나중에 나오는 음식을 먹을 수 없다. 다음에 나온 것은 감칠맛 나는 뜨거운 치킨수프에 작은 파스타를 넣은 것. 파스타는 점심때와는 다른 반달 모양인데 안쪽으로 말린 타입의 역시 쌀알 정도의 작은 것이었다. 야채요리는 얼핏 시금치로도 보이는 비에트라라고 하는 푸른 잎을 올리브유와 마늘을 넣어 익힌 것인데 정말 맛있어서 자꾸만 먹게 된다. 몇 번이나 더 달라고 했다.

소고기구이는 생강 맛이 나는 게, 맛도 향도 거의 일본풍이라고 해도 좋다. 이게 의외로 토스카나 빵과도 잘 어울린다. 보니까, 남자들은 정말 많이 먹는데 와인은 그다지 많이 마시는 편이 아니다. 천천히 시간을 두고 한 잔이나 두 잔 마시는 정도다. 외국인이 이탈리아에 오면 싸고 맛있다고 그만 과음하기 쉽지만, 아무래도 본고장에서는 식사 때 조금만 마시는 게 가장 좋은 음주법이라 여기는 것 같다.

즐비한 보존식품

디저트로 뒷마당의 커다란 사과나무에 열린 예의 알이 작은 사과가 바구니에 수북이 담겨 나왔다. "아, 나 이거 정말 좋아하는데." 하고 외치자 조반나가 식품창고로 쓰는 안쪽의 한 방으로 나를 안내해 주었다.

그곳은 다다미 열 장 정도 크기의 창이 없는 방이다. 커다란 대들보의 천장과 돌바닥 때문에 서늘한 공기가 감돈다. 방 한쪽에는 대나무로 만든 선반이 세 단 있고 거기에 백포도를 널어 말리고 있다.

"빈산타이아Vinsantaia라고 하지요. 빈산토라고 하는 단맛의 고급 와인을 만들기 위한 거예요."

등 뒤에서 파이프를 한 손에 든 필리포가 설명해 준다. 빈산타이아 아래에는 알이 잔 사과가 상자 가득 들어 있다. 더 안쪽에 방이 또 하나 있는데, 거기는 이 집에서 만든 와인, 병에 든 올리브유, 일 년분의 토마토소스 병조림, 올리브절임, 기름에 담근 로스트피망, 잼이나 마멀레이드에 과일 병조림 등등의 보존식품들이 웬만한 가게의 창고라고 해도 좋을 만큼 줄줄이 늘어서 있다. 어느 것이나 병에 담은 날짜가 적혀 있어 꼼꼼함이 엿보인다.

이 부근 농가들은 야채나 과일을 비롯해 올리브유나 고기까지 거의가 자급자족하는 생활을 하는 것 같다. 수확 후에는 이런 보존식품을 만드느라 바빠진다. 자기네 밭에서 재배한 수확물을 이런 식으로 만들어 일 년간 저장한다니, 얼마나 행복할까.

감탄하면서 방을 나오려는데 조반나 할머니가 두 손으로 다 들 수 없을 만큼의 사과와 호두, 올리브가 가득 든 갈색 종이가방을 건네주었다.

다이닝 룸에서는 남자들이 루이지가 만든 빈산토를 시음 중이다. 와인은 딱 한 잔만 마시겠다고 선언한 그들도 식후주食後酒는 잊지 않는다. 나는 조반나가 건넨 금방 간 에스프레소 커피를 홀짝이면서 좋아하는 사과를 베어 물었다. 종이가방에 가득 든 사과는 1주일은 먹을 것 같다. 포도 따기의 보수가 이만큼의 과일과 두 번의 식사라면 나쁘지 않다. 이날 하루 카페차나의 포도 수확에는 모두 70명이 참여해서, 총 40톤 정도가 수확되었다고 한다.

"그런데, 음, 여러분, 이 카페차나의 포도 수확 역사상 일본인이 참가한 건 이번이 처음이네요. 카페차나 역사에 남을 겁니다."

"그래요. 자, 몇 백 년 후에는 이 근처 포도밭에 기념비가 세워질지도 모르지요."

"지난해에는 독일 사람도 도와주었으니까 그건 안 돼요. 외국인 전원의 기념비를 세우기로 하면 어떨까…."

초로의 남자들이 서로 맞장구치면서 이야기하는 것을 보고 필리포가 웃음을 터뜨렸다.

"이봐요들, 이번엔 농담인데, 그렇게 되기 전에 이 포도밭도 일본 사람들이 사 버릴지도 모른다고요."

"그건 안 되지. 포도 따는 걸 도와주는 정도라면 모를까."

"음, 그 정도가 좋겠지."

"근데, 내년에도 올 거요? 다음엔 올리브 딸 때 오면 좋지요."

저마다 이런 이야기들을 하며 돌아갔다.

열셋

보나코시 백작가의 화려한 오찬 -가을

샐러드를 만드는 파트리치오

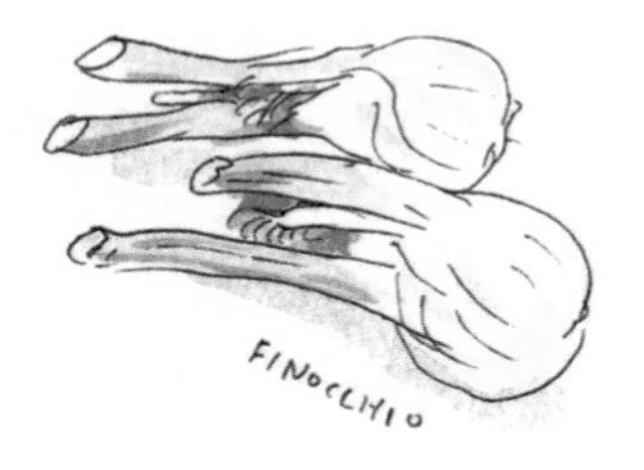
FINOCCHIO

요리사의 스타일에 매료되다

보나코시 백작가의 점심에 초대되었다.

이번에는 조리장 파트리치오가 준비하는 단계에서부터 견학하기로 했다. 내가 적극적으로 요청한 바이다.

아침 먹고 한 시간 정도 지나서 뒤쪽 현관의 벨을 누르자 흰 상의에 앞치마 차림의 파트리치오가 나타났다. 1년 전과 다름없는 늘씬하고 민첩한 몸매와 건강한 안색을 보고 나는 납득한다. 조리장이 건강하고 멋지다는 것은 그가 만드는 식사가 좋다는 걸 말해 주는 거라고.

백작가의 현관 옆에 있는 대주방에 들어선 순간, 스토브 위의 큰 솥에 갈색 털이 붙어 있는 덩어리가 엿보여 질겁하고 꼼짝을 못한다. 점심식사에 쓸 토끼를 삶는 것 같았다. 나는 식사 준비하는 걸 보고 싶다고 말한 경솔함을 후회했다.

그것이 여기서 기르는 네 마리의 개에게 먹이려고 삶는 소머리라는 것이 판명되었음에도 징그러운 느낌에는 변함이 없다. 그렇지만 이곳 토스카나의 부엌에서 동물애호 같은 말을 꺼낸다면 우스운 사람이 될 것 같다. 프랑스 정도는 아니더라도 그런 말을 입에 담는 것은 어울리지 않는 장소이고 그랬다가는 사람들로부터 따돌림 당할 것 같다.

내 여자 친구들 중에는 프랑스 사람과 이탈리아 사람이 많다.

그런데 그녀들 모두 할 수 있는데 나만 할 수 없는 일이 있다. 그것은 가축이나 닭을 목 졸라 죽여서 커다란 고깃덩어리를 발라내는 일이다. 그녀들은 늘, 그걸 할 수 없는 또는 하지 않는 나를 놀린다.

"어, 일본인 주제에 영국인처럼 동물애호가란 말이야."라고.

그렇지만 여기는 토스카나. 다행히도 오늘 요리의 주제는 고기가 아니라 뇨키 알라 피오렌티나Gnocchi alla Fiorentina, 피렌체식 뇨키라고 하는 파스타다. 우선 뒷밭에서 나무상자 가득 따온 시금치를 큰 솥에 삶는다. 매일 아침 밭에서 상자 가득 야채를 따는 것은 조리장의 일은 아니다. 또 다른 사람의 일인데, 그는 개 돌보는 일과 야채따기를 전문으로 하는 입주 일꾼이다.

시금치를 불에 올려놓고 그 사이에 애플파이나 커틀렛용 소스를 만드는데, 시금치는 한 30분은 삶는 것 같다. 내 상식에 비추어 보면 삶는 시간이 너무 길다. 시금치에는 히스타민 같은 몸에 좋지 않은 성분도 많기 때문에 오래 삶는 것도 하나의 지혜인지도 모르겠지만 그렇게 하면 비타민이나 미네랄 등의 영양소도 거의 없어질 텐데. 나 같으면 시금치 대신 코마츠나小松菜, 유채의 변종으로 겨울 국거리로 씀를 써 보고 싶다. 다음에 한번 해 봐야겠다.

다 삶아진 시금치 물을 따라 내고 나무 주걱으로 꾹 눌러 물기를 짜낸 다음 이번에는 손으로 주먹밥이라도 만들 듯이 둥근 공 모양으로 만들면서 다시 물기를 꽉 짜낸다. 일본에서처럼 찬

물에 담가 빨리 식히는 식으로는 하지 않는다. 그러고 보니 슈퍼마켓에서 삶은 시금치를 큼지막하게 뭉쳐 놓은 녹색 덩어리를 팔던데 그것이 뇨키에 쓸 시금치였던가.

물기를 뺀 시금치를 그대로 푸드프로세서에 넣어 죽처럼 만든다. 거기에 다시 리코타(산양이나 소의 유청으로 만드는 생치즈) Ricotta 치즈와 계란 노른자 네 개, 파르미자노 레자노, 소금, 육두구nutmeg와 후추를 조금 갈아 넣고 푸드프로세서로 다시 잘 섞는다.

쟁반에 밀가루를 깔고, 시금치와 치즈 혼합물을 두 손바닥에 밀가루를 묻히면서 3센티 정도의 가는 형태로 부드럽게 뭉쳐 다듬는다. 이때 파트리치오의 손놀림이 굉장히 예술적이다. 뭉치는 것도 반죽하는 것도 아니고 정말 살짝 스치는 듯 마는 듯한 터치로 초록색 덩어리를 손바닥 위에 굴려서 작은 알을 만들어 나가는데, 그 자세, 손놀림, 허리와 손의 리듬이 무척 섬세하고 아름답다! 요리사라는 건 이런 장면을 만들어 내기에 행복하구나 하고 느낀다. 요리의 맛과 모양이라는 결과뿐만 아니라 그 과정에서도 그는 독특한 스타일을 드러내는 것 같다.

큰 솥에 물을 끓여서 뇨키를 넣고 삶는다. 뜨거울 때 접시에 담아 좋아하는 소스를 얹어 시식한다. 조수 에르메스가 데운 접시를 준비해 준다. 요리를 하면서 이런 세심한 배려까지 하려면 역시 조수가 필요하다. 세 끼 식사를 거의 매일 내 손으로 만

뇨키
시금치와
리코타 치즈
파르미자노
치즈
소금
NOCI MOSCATE
계란
노른자
밀가루를 묻히면서
둥글게 뭉친다
밀가루를 깔고
시금치와 뇨키와
카나페 소고기와 양파…의
애피타이저
VILLA DI CAPEZ
카페차나의
적포도주
소 간
시금치

LISA & UGO
Contini Bonacossi

드는 나에게도 에르메스 같은 조수가 있으면 얼마나 좋을까 하고 한숨을 쉰다.

"어떻습니까, 파트리치오의 솜씨는 대단하지요?"

소리가 들려 돌아보니 우고 콘티니 보나코시 백작이 서 있다. 부드러운 미소를 머금은 눈 그리고 느긋한 말투와 허리를 꼿꼿이 세운 자세, 항상 변함없는 백작이 거기 있었다.

토스카나 요리의 진수

점심식사는 여름과는 또 다른, 부엌 옆에 있는 만찬장에서 했다. 대리석 난로나 금테를 두른 액자에 든 그림이나 흰 무쇠 스토브 등등, 어느 것이나 고풍스럽고 그런 만큼 차분한 느낌이 드는 방이다. 우리가 주인의 오른편 앞 자리로 안내 받고, 베네데타와 필리포와 두 아들, 베네데타의 형제인 비토리오와 필리포, 와인 제조를 담당하는 알베르토가 들어왔다. 간단한 인사를 나누고 비토리오와 필리포 형제가 큰 테이블의 반대편 끝 쪽에서 서둘러 먹기 시작했다. 수확기라서 다른 때처럼 시간을 들여서 점심을 먹을 여유가 없다고 한다. 그러고 보니 베네데타의 동생이 조리 중인 부엌에 들어와서 커다란 햄 덩어리를 칼로 잘라 볼이 터지게 먹는 걸 몇 번인가 보았다. 젊은이의 식욕은 어디나 다르지 않다. 카페차나에서는 누구나 매년 수확기가 되면 잠잘 틈도 없을 정도로 바삐 일한다고 하는데, 그게 바로 지금, 일 년에 한 번 있는 대목이다.

"이거 좀 마셔 보세요."

비토리오가 백작 자리로 금방 잔에 따른 와인을 가지고 왔다. 백작은 말없이 한 모금 입에 머금고 나서 고개를 흔든다.

"공기에 너무 노출된 거 같은데."

비토리오가 새로운 병을 가져와서 눈앞에서 땄다.

"와인이라는 건 정말 어려운 겁니다. 사소한 요인으로 미묘하게 맛이 달라지니까요."

우리 앞에는 크로스티니가 놓이더니, 얼마 후 뇨키가 나오고 메인으로 비스테카(비프스테이크)Bistecca도 등장했다.

"토스카나의 가을 식사가 어떻습니까?"

"과일과 야채와 버섯이 풍부해서 정말 마음에 듭니다."

부인 리자가 미소 지으며 고개를 끄덕였다.

이 나라의 농업정책이 어떻게 되어 있는지 물론 알 도리가 없지만, 이 정도 면적의 포도밭과 올리브와 채소밭이 옛날과 거의 변함없는 모습으로 남아 있다는 것은 정말 행운인 것 같다. 재료가 좋고 싸면 요리는 당연히 심플하게 만드는 것을 원칙으로 삼게 된다. 나의 사소한 체험에서 느끼는 토스카나 요리의 특징을 든다면 세 가지이다. 그것은, 이렇게 해야만 한다든가 저렇게 하지 않으면 안 된다는 의미에서의 규칙이라기보다는 크게 말해서 요리하는 것과 먹는 것에 대한 하나의 사고방식, 자세이다. 그 세 가지는 이렇다.

1. 복잡하게는 하지 않는다.
2. 너무 열중하지 않는다.
3. 별로 미묘하지 않게 한다.

이 모두를 응축하면 심플한 것과 신선도가 좋은 것으로 요약되지 않을까 생각한다.

"토스카나 요리는 바꾸어 말하면 창조성이라고도 할 수 있겠지요. 그때그때 주변에 있는 재료나 먹는 사람의 취향 등에 따라 자유자재로 응용하면 되니까요. 프랑스 요리만큼 번거로운 얘기는 하지 않지요."

되살아나는 추억의 맛과 향

70년대는 뉴욕에서 프랑스 요리의 전성기였다. 친구가 레스토랑과 요리학교를 경영하고 있어서 나도 도구를 사서 갖추고 대강 배워서 사람들을 불러다 대접했었다. 지금은 바쁘기도 하지만 프랑스의 정교한 미식 요리를 먹고 싶은 생각도 별로 없다. 첫째로 프랑스 요리의 핵심은 메디치가의 역사에도 있는 것처럼 원래 토스카나에서 프랑스로 전해진 것이다. 그렇지만 앞에서도 말했듯이 토스카나 요리에는 '이게 바로 토스카나 요리다'라고 하는 엄밀한 규칙이 있지 않다.

파리나 런던의 고급 프랑스 요릿집에 가서 전혀 손대지 않은 생선 소금구이라든가 소스 없는 고기요리를 주문하려면 조금 주저하게 된다. 이른바 '오마카세 요리'おまかせ料理, 조리사에게 메뉴를 맡긴다는 뜻가 중심인 일본의 고급 요릿집도 마찬가지다. 내 요리 취향을 말하면 "우리 집 음식이 입에 안 맞으면 다른 집으로 가십시오."라는 말을 들을지 모른다. 실제로 그런 말을 들은 적도 있다.

토스카나에서는 재료중심주의라는 것과 더불어 먹는 사람의 사정과 입맛이 무엇보다 우선한다. 극단적으로 말하면 "짠맛도 매운맛도 당신 취향이니 입맛대로 가미해 주세요. 아무 양념도 하지 않고 만들었습니다. 재료는 최상의 신선도를 자랑합니다. 어느 것이나 바로 가져온 거니까 아무 양념도 하지 않고 그대로 드셔도 맛이 있지만 소금이든 허브든 입맛대로 더하시지요. 더 드셔도 좋습니다. 자, 식기 전에 드시지요!"라고 하는 것이 규칙이라면 규칙이다.

그런 건 당연한 얘기라고? 그런데 천만의 말씀이다. 설탕이나 화학소금, 술, 화학조미료, 향신료 등으로 맛을 낸 (눈속임을 한) 수상한 가공식품이나 간편한 음식만 먹어 온 현대인들은, 야채가 지닌 본래의 맛과 향, 고기의 맛, 각각의 생선 그 자체가 지닌 혀에 닿는 미묘한 감촉이나 맛과 향의 차이 같은 걸 이미 오래 전에 잊어버린 건 아닐까.

토스카나의 시골 생활을 하면서, 나 역시 혀에, 입 안에 그리고 몸 전체에, 기분 좋고 맛있는 옛날 그대로의 추억의 맛과 감촉과 향을 되살려낸 것 같다. 그것이 몸속에 금세 스며드는 걸 느낄 때의 행복은 무엇으로도 대신하기 어렵다.

백작은 적포도주를 자신의 잔에 반 정도 따르고, 크로스티니 한 개, 뇨키 세 개, 비스테카는 작은 걸로 한 조각, 그리고는 밭에서 난 채소로 만든 샐러드를 충분히 먹을 뿐, 디저트는 건너뛰고 홍차를 마셨다. 예전에도 느꼈지만, 백작은 소식하는 편이다. 유달리 자세가 좋고 배도 전혀 나오지 않았으며 어깨가 넓고 가슴판도 두터운 큰 체구이다. 정말 어느 쪽에서 보아도 매혹적인 멋진 노신사다. 무슨 운동을 하고 있는가 물어본 적이 있다.

"예, 아주 조금씩 산을 걷습니다. 그렇지요, 겨울에는 역시 스키겠지요. 당신은 수영을 한다지요?"

백작은 미소 지으면서 늘 그러듯이 조심스럽게 그러면서도 어디까지나 상대방을 존중하면서 대답해 주었다. 후에 아베토네의 산장으로 주인 일가를 방문했을 때, 백작이 하루에 네 시간이나 산을 타며, 그것도 프로들이나 타는 코스에 도전할 정도로 건각健脚이라는 것을 알고 놀랐다.

뉴욕에서 알게 된 남부 이탈리아 사람들은 매사에 행동거지가 '지나친' 감이 있는데 이 특성은 같은 이탈리아 사람이라도 이 토스카나의 백작 집안 사람들에게는 전혀 해당되지 않는 것 같다.

언젠가, 하루 일과를 마칠 무렵, 카페차나의 저택을 나오려다 안마당을 가로질러 정문 쪽으로 걷고 있던 백작의 뒷모습을 본 적이 있다. 노신사는 등줄기를 곧게 세우고 문이나 담벼락 그리고 저택의 주위를 하나하나 점검했고, 그의 양 옆에는 예의 네 마리의 개가 바짝 따라가고 있었다. 개들은 어떤 충실한 하인보다도 민첩하고 주의 깊게 주인의 움직임을 지켜본다. 그리고 주인 또한 그 등에 힘과 무게감을 드러낸 아주 엄격하고 차분한 모습이었다. 나도 모르게 걸음을 멈추고 저물녘의 회색으로 금방이라도 녹아 버릴 듯한 광경 속을 걷는 백작의 모습을 넋을 잃고 바라보았다.

그것이 그 저택에서는 벌써 몇 대에 걸쳐 이어지는 영주의 빠뜨릴 수 없는 일과의 하나라는 것을, 나는 훨씬 나중에서야 역시나 그 영국인이 쓴 책을 보고 알았다.

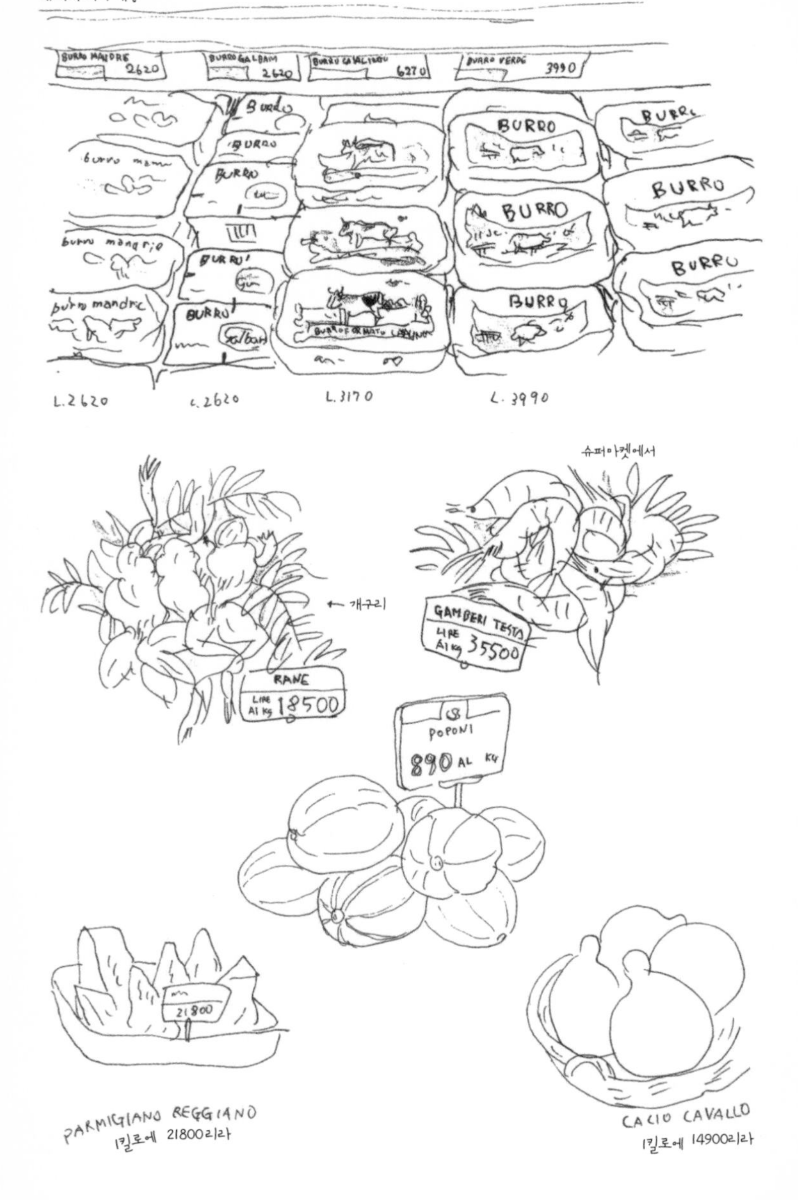

슈퍼의 버터 매장
BURRO MANDRE 2620
BURRO GALBAM 2620
BURRO VERDE 3990
BURRO
L.2620
L.2620
L.3170
L.3990
슈퍼마켓에서
← 개구리
GAMBERI TESTA
LIRE AI kg 35500
RANE
LIRE AI kg 18500
POPONI
890 AL kg
21800
PARMIGIANO REGGIANO
1킬로에 21800리라
CACIO CAVALLO
1킬로에 14900리라

L 9.750
올리브 매장에서
at SUPERAL, Poggio a caiano, Firenze
at SUPERAL, Poggio a caiano, Firenze
슈퍼의 고기 매장에서
MELE GOLDEN
2100 AL KG
슈퍼의 사과 매장

슈퍼마켓에서 장보기도 즐거워

식후에 우리는 카페차나에서 몇 킬로 떨어진 포조 카이아노 Poggio Caiano까지 식료품을 사러 가려고 산을 내려왔다. 주의 중간 날과 주말에는 아침 장이 열려 이곳저곳의 농가 사람들이 가지고 나온 식품을 판다. 거기서 사는 계란이나 고기, 야채는 아주 신선하고 값도 싸다.

그렇지만 우리 같은 외국인에게는 뭐든지 구비된 대형 슈퍼마켓 또한 편리하다는 점에서는 매력적이다. 이 부근에도 대형 슈퍼마켓이 몇 군데 있어서 아침 8시부터 저녁 8시까지 문을 연다. 가게에 따라서는 점심 휴식을 위해 문을 닫는 곳도 있다.

5백 리라 동전을 넣고 쇼핑 카트를 빼내서 (동전은 카트를 원래 위치에 가져다 놓으면 돌려받는다) 넓은 매장 안을 천천히 돌아보며 걷는 것은 정말 즐겁다. 야채 매장에다 고기와 생선 매장까지, 식품 종류가 정말 많아서 눈길 줄 데를 모를 정도다. 최근 뉴욕 언저리에도 이탈리아식 식료품점이 늘어났지만 아무래도 이탈리아의 슈퍼마켓에는 못 미친다. 그래서 그런지 뉴욕에서도 루콜라나 산 마르차노 종의 토마토를 내놓은 가게에는 이탈리아 상호를 내걸고 있다.

야채와 과일 매장만 해도 도쿄 교외의 슈퍼마켓 전 매장에 필적하는 넓이다. 진열된 야채는 종류도 많아서, 언젠가 양상추의 종류를 세어 보니까 열 종류나 있었다. 값도 싸다. 예컨대 커다란 양상추 덩어리 한 개가 50엔, 바질 한 단(두 손에 가득 쥘 정도의 양)이 70엔, 피망이 일본의 두 배 크기와 양에 100엔, 레몬이 한 개 10엔 정도인 것 같다.

델리카트슨이 충실한 것도 마음에 든다. 이 코너는 이 지역 사람들에게도 가장 인기 있는 것 같다. 번호표를 받아서 순번을 기다려야 할 정도니 말이다. 매장의 유리 진열장 안에는 치즈, 햄, 절인 올리브 등 정말 눈이 돌아갈 정도로 다채로운 식품이 들어 있어서, 현지인이 아닌 나로서는 무엇을 사야 할지 결정하기가 어렵다. 나는 그래도 포기하지 않고 숫자와 간단한 상품명을 외워서 매번 여러 종류의 치즈나 햄을 조금씩 사서 시식을 계속했다. 그러는 동안 가게 점원이 내 얼굴을 기억하게 되었고, 사기 전에 맛을 보게 해 준다든가 올리브 같은 것은 여러 종류를 50그램씩 소량으로 달아 판다든가 또는 "이게 가벼워서 좋아하실지도 모르겠어요." 하는 식으로 조언을 해 주기도 했다.

이곳 토스카나는 뭐니 뭐니 해도 치즈와 햄의 본고장이다. 내가 빠뜨리지 않고 사는 것은 역시 파르미자노 레자노와 버펄로 젖으로 만든 모차렐라 치즈 그리고 리코타 치즈다. 어느 것이나 일본인의 입맛에도 잘 맞을 비교적 깔끔한 치즈로, 점심의 전채나 샐러드와 최고의 궁합이다.

빵 매장과 프레시 파스타 매장도 재미있다. 뇨키나 라비올리,

토르텔리니(구멍을 막은 반지 모양의 파스타)tortellini, 스파게티 등과 파스타용 소스도 여러 종류가 매일 바구니와 항아리에 가득 담긴다. 빵은 역시 토스카나 특유의 딱딱한 빵이 많다. 언제나 실패를 감수하고 이것저것 닥치는 대로 시식해 보다가, 소금 간을 해서 바짝 튀긴 얇은 전병풍의 빵을 발견했다. 원산지가 사르디니아이고 이름이 카르타 디 무시카(악보)Carta di Musica라는 것 같은데, 금방 튀긴 이놈을 베어 물기 시작하면 이미 낭패다. 멈출 수가 없다. 차를 타고 멀리 나갈 때는 항상 이것을 지참해서 차 안에서 이탈리아 오페라를 쾅쾅 울리면서 이 '악보전병'을 사각사각 먹어 대는 것이다.

이 더없이 행복한 기억은 좀처럼 잊히지 않는다.

열넷

아시시의 매혹의 숙소-그 이름도 컨트리 하우스

될 대로 돼라 예약

이탈리아라는 나라는 아무리 다녀 보아도 이제 이 정도면 됐다고 할 수가 없다.

이 나라에는 젊은 시절부터 몇 번이나 왔고, 올 때마다 새로운 마을이나 도시를 보게 되고 사람들과 만나기도 하지만, 전에 왔던 곳을 다시 찾는 즐거움도 그지없다. 이 나라의 수많은 유적이 자아내는 예스러운 분위기가 10년, 20년이 지나도 변함이 없는 자연의 풍경(사실은 변함없다는 느낌을 주기 위해서 막대한 비용을 들여 관리를 하고 있다는 것은 앞에도 말했다)과 서로 잘 어우러져 있기 때문이 아닌가 한다.

또 하나는, 더 말하지 않아도 알 만한 이탈리아 사람의 기질에 있을 듯하다. 흔히들 숨김없고 밝은 성격이라고 말하기도 하는데 그건 반드시 맞는 말은 아니다. 당연히 그들 중에는 우울한 기질도 있다. 일견 모순되어 보이는 우울한 기질과 개방적 기질 사이의 차이 또한 매력이라고 할 수 있을 것 같다.

토스카나 지방의 동쪽에 이웃해 있는 움브리아 지방의 아시시Assisi는 오랫동안 가 보고 싶었지만 한 번도 가본 적이 없는 도시였다.

60년대와 70년대에 젊은 시절을 보낸 세대는 전통이나 체제를 거부하는 것이 주된 관심사였기 때문에, 내가 뉴욕에서 더불어 청춘을 구가한 이탈리아 친구들은 가톨릭 도시인 아시시에는 그다지 애착이 없었다. 줄리아나는 대놓고 아시시를 회피하기도 했다. 어느 해인가 그녀의 부모가 이탈리아 남부에서 머나먼 아시시까지 여행을 하게 되었다. 그때 마침 나는 그녀의 아파트에 머물고 있었는데, 줄리아나의 부모한테서 전화가 와서 그녀에게도 아시시로 오라고 했다. 그러자 그녀는 갑자기 남자친구와 파리에 다녀올 계획을 세워 버리고는 내게 천연덕스럽게 말했다.

"집 좀 잘 봐줘. 만약에 아빠한테서 전화가 오면 파리에 급한 일이 생겨서 어제 저녁에 떠났다고 말해 줘. 묵는 호텔은 알려주면 안 돼."

"그래도 아시시라면 아주 아름다운 곳이라고 들었는데."

"일본으로 치면 닛코日光나 나라奈良 같은 데야. 신앙심 깊은 사람들이 가서 참배하는 곳 말이야. 그런 곳에서 아빠한테 언제 결혼할 거냐는 추궁이나 당하는 건 딱 질색이야."

나는 고향에서 아버지가 강요하는 바람에 마지못해 조상 묘에 참배하러 따라갔던 십대시절을 떠올리고 그런 건가 하고 생각했다.

그런데 반려 N이 이번에는 아시시의 산 프란체스코 교회에서 조토의 프레스코화를 꼭 보고 싶다고 해서 마침내 아시시를 방문할 기회가 찾아온 것이다.

N과 나는 미슐랭 가이드북을 참고하면서 아시시의 숙소 찾기를 시작했다. 늘상 그러듯이 우선은 부엌이 딸린 아파트를 찾고 있을 때, 컨트리 하우스Country House라는 영어 이름의 숙소를 발견했다. 토스카나의 시골 생활에 푹 빠져 있는 우리에게 '컨트리'는 매혹의 키워드이다.

"이거, 이름도 좋지만 객실도 겨우 열하나밖에 없어. 의외로 남들이 모르는 좋은 집인지도 몰라."

우리는 항상 객실 수로 호텔의 규모와 서비스를 가늠하는데 대개는 작은 쪽이 서비스도 분위기도 훨씬 좋다.

"그런데 1박에 6천 엔이 좀 안 되네. 관광지 가격 치고는 너무 싼데 괜찮을까?"

확실히 호텔만큼은 싼 게 좋다고는 할 수 없다.

"'컨트리'를 내세울 정도니까 영국 손님이 많을지도 모르겠네. 전화로 시설 같은 걸 물어볼까?"

그렇지만 전화를 하려면 주인집에 가야 했고, 한번은 전화를 했더니 사정을 잘 모르는 사람이 받아서 이야기가 통하지 않았다. 결국 에라 모르겠다, 될 대로 되라는 식으로 무작정 예약을 해 버렸다.

우리가 여행에서 무엇보다 신경 쓰는 것은 호텔이다. 단기여행일 경우는 팩스가 있는지, 위치가 편리한지를 우선 따지지만 이번 여행처럼 장기인 경우에는 부엌이 있는지, 느긋하게 쉴 살

롱이 있는지, 방의 크기나 인테리어는 어떤지, 주차공간은 또 어떤지 등등이 다 중요하다. 이런 조건을 확실히 해 놓지 않으면 여행의 즐거움은 반감한다. 나는 방이 마음에 들지 않으면 바로 다른 방을 요구하기도 했다. 만약 빈 방이 없다고 하면, 방에 짐을 놓아둔 채로 가이드북과 전화로 호텔을 다시 물색해서 일단 맨손으로 그 방을 보러 나간다. 가 보아서 마음에 들면 망설이지 않고 예약을 해서 대개는 그날 안으로 짐을 옮긴다(예약 전에 방을 보여 주는 것은 유럽에서는 당연한 일로, 방이 비어 있기만 하면 어디서나 기꺼이 보여 준다). 어차피 잠만 잘 거니까 어떤 방이라도 좋다는 식으로 말하면 안 된다. 쾌적한 생활의 연장 속에서만 여러 가지 비일상과의 만남이나 드라마를 즐길 수 있기 때문이다. 예컨대, 방이 좋으면, 아침에 관광을 하러 출발하면 하루 종일 밖에서 지내야 하는 식의 궁상맞은 여행은 하지 않게 된다.

느긋하게 아침을 먹은 후 외출해서 점심은 시내 어딘가에서 먹는다 해도, 늦은 오후에는 일단 숙소로 돌아와 마당을 산보하거나 테라스나 로비 또는 살롱에서 다른 손님들과 칵테일이나 차를 마시면서 대화를 즐기거나 아니면 그냥 빈둥거린다. 해가 저물 때쯤에는 샤워를 하고 천천히 옷을 갈아입고 레스토랑이나 극장으로 나간다.

관광이나 쇼핑으로 지치고 지저분해진 채 저녁 만찬이나 사교 모임에 나가기보다 오후에 약간 휴식하는 것이 몸 상태에도 훨씬 좋고 무엇보다도 우아하다. 그것이 긴 여행을 즐기는 비결이기도 하다. 나도 20대까지는 경비 우선의 무모한 계획을 세워 여행을 했고 그 나름으로 즐겼다. 하지만 이제 그런 여행은 할 수도 없고 하고 싶지도 않다. 시간도 몸도 여유롭게 최상의 상태를 유지하면 여행은 환상과 상상력의 보고가 되기 때문이다.

제라늄이 만발한 하우스

카페차나에서 차로 다섯 시간 만에 아시시에 도착했다. 광활한 전원풍경 가운데 아시시가 홀연히 모습을 드러냈다. 아시시는 산의 경사면에 우뚝 자리하고 있다.

차가 컨트리 하우스라는 영문을 고풍스런 장식 문자로 써 놓은 간판을 지나서 좁은 산길로 들어가자 이윽고 구운 벽돌로 지은 커다란 집이 나타났다. 집 앞에는 꽤 넓은 잔디밭이 펼쳐 있고 부지의 경계에는 허리 정도 높이의 돌담이 둘러져 있다. 돌담 위 질그릇 화분에는 빨강과 분홍의 작은 제라늄 꽃들이 흐드러질 듯 피어 있었다.

오래된 연와煉瓦 벽면에 옅은 분홍이나 진한 빨강의 작은 꽃들이 무성하게 드리워져 있다. 이탈리아에서는 새로울 것도 없는 광경이건만 나는 여기만큼 멋지게 꽃들을 가꾸어 놓은 집은 본 적이 없다. 집의 벽돌도 연갈색과 테라코타 색이 번갈아 사용되고, 문은 견고한 나무였다. 창문은 아치형으로 바깥쪽에는 검은 쇠창살이 단단히 채워져 있는데, 언뜻 살풍경해 보이는 쇠창살에도 쇠로 된 꽃 선반이 달려 있어서 어느 창이나 빨간 제라늄 꽃과 잎이 넘쳐흐를 정도로 풍성하게 뒤덮여 있다.

나는 말을 잃고 멍하니 서 있었다. 이 호텔로 결정했다, 이곳 말고 우리가 머물 곳은 없을 것 같았다. 우리 방은 2층인데, 바깥의 돌계단을 올라서 문을 열고 난로와 테이블이 있는 살롱을 가로지르면 그 끝의 구식 나무문 건너편에 있었다. 크고 튼튼한 침대와 욕조, 살롱 안쪽에는 공용이기는 하지만 작은 냉장고와 개수대도 있어서 간단한 요리라면 그럭저럭 할 것 같다.

우리는 먼저 아시시의 전체 모습을 파악하고 싶어서 차로 산길을 올라 산 프란체스코 교회 부근까지 나가 보기로 했다. 프란체스코 성인과 그의 사도이며 소문에는 연인이기도 했다는 수

녀 산타 키아라Santa Chiara를 참배하러 전 세계의 가톨릭 신자들이 매년 이 교회로 순례를 온다고 하는데, 그날도 그랬다. 비가 오는데도 불구하고 광장에는 수십 대나 되는 관광버스가 서 있고, 아마도 교회 관계의 단체인지 같은 모자를 쓰고 같은 배지를 단 독일인과 미국인 여행자들이 앞다퉈 식료품점과 토산품점에 몰려들었다. 태반이 중년 이상의 여성들이다.

"여봐요, 저기 저쪽의 동그란 빵하고 프로마주… 아, 아니야, 음, 음, 치즈를 이탈리아 말로 뭐라 그러더라?"

"괜찮아, 치즈라고 해봐, 통한다니까."

"나도 그거 세 개, 아니 네 개요, 뭐라고요? 얼마? 그렇게 비싸요? 에이, 필요 없어요. 논Non, 노No, 그라치에Grazie, 고마워요…."

어쩌구 저쩌구…, 무척 시끄럽다. 단체 관광객의 방약무인은 어디나 마찬가지다.

줄리아나가 "닛코 같은 곳이야."라고 말했던 게 떠오른다.

그런데 해가 저물자 이 거리는 낮과는 아주 딴판의 분위기를 드러낸다.

관광객들이 일제히 식사하러 갔는지 아니면 다음 날 아침 출발을 위해 일찍 잠자리에 들었는지, 해가 진 뒤의 아시시의 거리는 그대로 중세로 시간 이동을 해 버린 것이다. 고요한 돌벽과 돌길에 달빛이 비치고 고색창연한 교회 건물이 하얀 빛을 받아 희미하게 떠오르는 것을 올려다보면서 나는 아무 소리도 못 낼 만큼의 감동을 맛보았다. 별이 총총한 밤하늘을 배경으로 교회의 탑이 기품 있는 자태를 드러낸다. 탑으로 향하는 경사를 오르는 길가의 광장 양 옆으로 돌 회랑이 나란히 이어진다. 낮에는 차와 관광객이 북적거려 알아채지 못했는데 밤이 되니 감청색 밤하늘에 희미한 주황색 등이 켜진 회랑이 부옇게 떠올랐다. 발소리를 울리면서 아무도 없는 회랑의 아치 사이를 몇 번이고 몇 번이고 빠져나가며 걸으니까 옛사람이 된 듯한 착각에 빠진다. 프란체스코 성인을 연모한 키아라는 하얀 수도복을 몸에 두르고 눈을 내리깐 채 숨을 죽이고 이 회랑을 걸었던 것은 아닐까. 그리고 때로는 프란체스코 성인과 엇갈려 지나가는 일도 있었던 것은 아닐까….

그때 회랑의 돌 천장에 남자의 웃음소리가 울리는 바람에 퍼뜩 몽상이 깨졌다. 회랑의 맨 안쪽에 설치된 공중전화 앞에 제복을 입은 경찰관 한 명이 전화를 하면서 뭐가 우스운지 상반신을 한껏 뒤로 젖히고 웃고 있는 것이 눈에 들어온다. 옆에는 순찰차가 서 있는데, 동료 경찰관 역시 조금 떨어진 곳에 있는 또 한 대의 공중전화에 매달려서 이쪽은 어쩐지 은밀한 분위기로 전화기 앞에 상반신을 구겨 넣을 듯한 자세를 하고 있다. 야간순찰 중에 잠깐 쉬면서 연인에게 전화라도 하고 있는 걸까. 아니면 집에서는 걸 수 없는 마음속 인물에게 비밀리에 연락을 하는 걸까.

컨트리 하우스에 돌아오니 발코니에 너덧 명의 손님이 밤하늘을 배경으로 식전주를 즐기고 있었다. 그 옆을 지나가는데 "보나 세라" 하는 소리가 들린다. 우리 방 앞의 거실 테이블에는 초로의 커플 두 팀이 트럼프를 하고 있다. "보나 세라" 하고 인사를 하자 "봉수와" 하고 프랑스어 대답이 돌아온다.

장거리 여행으로 피로하기도 해서 그날 저녁은 프런트의 알베르토가 알려 준 가까운 피체리아에서 일찌감치 가벼운 식사를 하기로 한다. N은 야채수프와 치킨커틀릿과 그린샐러드, 나는 샐러드 곱배기와 구운 닭다리 한 개와 빵. 여기다가 생수 큰 병과 과일 한 바구니 가득을 더해서 모두 19,000리라, 약 1,300엔 정도였다. 유럽의 음식점에서 생수를 주문할 때는 반드시 가스(탄산)가 든 탄산수로 한다. 와인을 마시지 않을 때는 가스 든 물이 기분도 홍겹게 하고 식사에도 어울리는 느낌이 든다는 점 그리고 가스 때문인지 과식하지 않게 된다는 점이 이유다. 한 이탈리아 친구가, 관광지에서 가스 없는 물을 달라고 하면 일단은 수돗물이 나온다고 생각하라고 가르쳐 주었다. 실제로 어떤지는 모르겠으나 그 후 바깥에서는 눈앞에서 따는 병 이외에는 언제나 탄산수를 마시기로 했다.

식사 후 돌아오는 길에 물 대여섯 병과 푸른 사과 몇 개를 사서 냉장고에 넣어 둔다.

트라토리아에서 먹는 가정요리

이튿날 아침, 아침을 먹으러 아래층의 살롱으로 내려간다. 아침은 어디서나 그렇듯이 빵과 커피뿐인 유럽식이다. 아침마다 야채를 듬뿍 먹는 나로서는 어쩐지 부족하지만, 여행지에서는 아무래도 점심이 거해지기 쉽기 때문에 아침은 이 정도가 딱 좋다.

"굿 모닝, 본 조르노! 여러분, 아, 오늘은 완전 늦잠을 자 버렸네, 저, 알베르토, 난 에스프레소 진하게 부탁해, 눈이 아예 떠지질 않아서리."

시끄러운 소리를 내며 살롱에 들어선 이는, 빨강과 파랑이 섞인 알록달록하고 요란스런 복장을 한 빨강머리의 뚱뚱한 중년여성이다. 테이블 여기저기에 이미 안면이 있는 숙박객이 있는 듯이 이쪽저쪽에 손을 흔들며 "어제 관광은 어땠나" "어제 저녁은 어디서 먹었나" 등 큰 소리로 떠든다. 저런 사람은 흔하지, 이런 느낌은 전에도 있었지 생각하면서 이 여성을 관찰한다. 솔직한 인상은 미국인처럼 보이기도 하는데 영국 말투가 있는 것 같다.

"어, 안녕하세요, 저쪽 두 분은 새로 오셨나 봐, 어디서?"

새 얼굴인 우리를 알아챈 빨강머리 아줌마가 이쪽 테이블 옆으로 옮겨 왔다.

"도쿄요. 당신은?"

"브리스틀, 영국."

"여긴 얼마나 계세요?"

"일주일. 우린 교회 친구들이라 해마다 와요. 이번이 4년째예요. 항상 여기서 묵지요. 사실은 일층의 커다란 방을 제일 좋아하는데 이번엔 비질 않아서 3층의 지붕 밑 방에 있어요. 그래서 힘들어… 나이를 먹으면 계단 오르는 일도 귀찮아요."

"어, 베스, 아주 늦잠을 잤구먼."

같은 그룹의 여성일까? 키가 크고 비쩍 말랐는데 복장도 베이지 색으로 통일한 차분한 인상의 여성이 빨강머리 아줌마를 보더니 다가왔다. 어쨌거나 베스가 빨강머리 아줌마의 이름이고, 영국 브리스틀에서 같은 교회에 다니는 다섯 명의 중년여성이 해마다 함께 아시시 순례여행을 온다는 얘기인 것 같다. 빨강머리 아줌마는 우리 옆에 앉아서 알베르토가 커피와 빵을 가져다주기를 초조하게 기다리는데, 그새를 못 참아 앞 사람이 먹고 남긴 러스크의 포장을 박박 소리가 나도록 뜯어서 주위에 빵 가루를 잔뜩 흘리면서 입에 우겨 넣는다. 게다가 먹으면서도 말을 멈추지를 않으니 입에서는 다시 빵 부스러기가 튀어나온다. 그 천박한 행동거지에 살롱의 구석 쪽에 있던 벨기에 커플이 노골적으로 얼굴을 찌푸리는 것을 곁눈질하면서, 나는 마치 만화의 캐릭터라도 보듯이 적모부인赤毛夫人을 재미있게 바라보았다.

방으로 돌아올 때 어제 저녁 만났던 불어를 하는 초로의 커플이 말을 걸어왔다. 몬트리올에서 왔는데 두 쌍의 부부 중 두 명이 누나와 남동생이라고 한다. 정년퇴직 후 해마다 네 명이 유럽을 자동차로 여행하고 있다는 것이다.

아침을 먹은 뒤 우리는 로카 마조레Rocca Maggiore가 있는 언덕에 올라 저 아래로 아시시와 초록의 움브리아를 바라보았다. 웬일인지 관광객은 거의 없다. 우리 말고는 밀라노 언저리에서 왔는지 사진을 찍어 줄까 하고 유창한 영어로 말을 걸어 온 중년의 커플이 두 쌍 있었을 뿐이다.

점심은 근처 산타 마르게리타의 트라토리아 산토우치로 나간다. 이탈리아에서 외식을 하려면 그 지역의 가정요리를 내놓는 트라토리아가 좋다. 마음에 드는 가게를 찾아내면 나는 대체로 몇 번씩 다닌다. 손님의 입맛을 기억해 주기 때문이다. 작은 가게에는 지역 사람들이 가득하고 관광객일 것 같은 사람들은 별로 찾아볼 수 없다.

나는 완숙 토마토만 넣은 스파게티와 피망구이와 그린샐러드, N은 타르투포(송로버섯)tartufo가 들어간 탈리아텔레와 시칠리아 풍으로 구운 가지와 피망을 주문했다. 이렇게 외식이 이어질 때는 사흘에 한 번은 야채만 먹는 날을 정해서 위장을 쉬게 하면 좋다. 여행지에서 몸 컨디션을 유지하기 위한 요령이다. 다행히 이탈리아에서는 야채가 중심인 식사가 간편하고 또 정말 맛있다.

식사를 마치고 달빛 비치는 돌과 꽃의 거리를 어슬렁어슬렁 산보하고 숙소로 돌아오니, 몬트리올에서 온 사인조가 거실의 큰 테이블에 야채와 햄, 치즈를 차려 놓고 한참 피크닉 풍 만찬을 하는 중이었다.

"어, 직접 해서 드세요? 그거 좋은 생각이군요. 우리도 슬슬 이런 식으로 직접 만든 걸 먹어야지."

"예, 우리는 두 달 동안이나 여행을 하니까요. 이렇게 하는 게 건강에도 좋고 싸게 먹히지요. 다음엔 시에나Siena로 가는데 시에나에서는 아파트를 빌립니다. 음식점에서만 식사하는 건 긴 여행에는 무리니까요."

나는 바로 이 사람들과 대화에 빠져들어, 부엌이 딸린 아파트에 관한 정보를 서로 교환했다. 여행지에서 다른 여행자에게 얻는 정보는 언제나 귀중하다.

관광만이 능사는 아니다

이튿날 아침, 아침 식탁에는 새로운 멤버가 늘었다. 시카고에서 온 초로의 미국인 부부인데 두 사람 다 그 표정과 자세에 어둡고 피로한 기색이 잔뜩 묻어났다. N이 창가의 꽃을 스케치하는 것이 흥미로운 듯 남자가 말을 걸어왔다.

"우리 아들도 예전에 뉴욕의 광고대행사에서 일러스트레이터 일을 했어요."

나도 옛날에 뉴욕에 살았다고 말하자 부인이 눈을 반짝였다.

"우리도 옛날에는 맨해튼의 빌리지에 살았어요, 지금도 코네티컷의 별장은 그대로 두고 있지요."

남편이 낮은 목소리로 덧붙였다.

"클린턴 정권으로 바뀌면서 노동조합이 강해졌는데… 나도 내 회사 경영이… 그래서 결국, 우여곡절 끝에 시카고로… 이제 세계 경제를 떠받치고 있는 것은 일본과 미국뿐이라서요."

그의 말소리가 작아서 알아듣기 어려웠지만, 대충 그의 회사가 도산해서 지금은 벌이를 위해 하는 수 없이 뉴욕에서 시카고로 옮겨 갔다는 것 같다.

"어머나, 여러분 모두 일찍들도 나오셨네! 우리는 오늘 여길 떠나요. 내일은 피렌체지요. 어, 저 빨간 건 뭐지? 나도 한 잔 줘, 알베르토!"

목소리의 주인공은 말하나 마나 빨강머리 베스다. 너무나 조용해서 눈치채지 못했었는데, 베스의 목소리에 돌아보니 등 뒤의 테이블에서 몬트리올 4인조가 한창 식사 중이었다. 그들은 브리스틀의 영국인과는 대조적으로 항상 조용해서 눈에 띄지 않는다. 우리는 어제 저녁에 갔던 레스토랑 이야기를 한바탕 한 뒤 몬트리올 사람들에게 작별을 고했다. 그들은 시에나로 출발한다.

캐나다 사람들이 강한 억양의 영어로 인사를 하고 나가자 시카고의 미국인이 기다렸다는 듯이 내 귓가에 소곤거렸다.

"저 프랑스인들은 대체 어디서 왔소?"

"캐나다요. 몬트리올."

"음, 그래요? 캐나다요?"

남편은 부인에게 "어쩐지. 그러니까 영어권 사람들이 싫어하는 거야." 하고 말하고, 부인은 "그래요, 영어로 말을 걸어도 프랑스어로만 말하고, 진짜 콧대만 높고, 비호감이야." 하고 나직하게 중얼거렸다. 나는 영어

권 사람들이 그들을 싫어한다는 인상은 전혀 못 받았는데, 그건 내가 아시아인이기 때문이었을까. 유럽을 다니다 보면 여러 나라 사람들과 자리를 함께할 기회가 있는데, 일본인은 좋든 나쁘든 '특별' 영역에 속해 있다는 걸 느낀다. 나는 언젠가부터 그것을 약점이라 여기지 않고 전적으로 활용하는 법을 몸에 익힌 것 같다.

오늘은 관광을 하지 않고 발코니에서 하루 종일 책을 읽어야겠다. 짧은 여행에서도 이런 날, 즉 아무 데도 나가지 않고 독서를 한다든가 글을 쓴다든가 하는 날을 가지는 것은 무척 중요하다. 보고 걷는 것만이 여행은 아니다. 본 것 들은 것을 맛있게 반추하려면 움직이지 않고 가만히 있는 시간 또한 귀중하다. 때로는 그렇게 하지 않으면 만날 수 없는 드라마도 있다.

팡린 챵과 그의 아내 안젤린과의 만남은 바로 그런 드라마 중 하나였다.

시끄러운 영국인과 조용한 캐나다인 들이 떠나고 남은 손님도 대부분 관광하러 나갔을 때, 나는 이 컨트리 하우스의 주인 마리에라와 마당의 꽃과 나무들의 이름을 물으면서 꽃꽂이 이야기를 하고 있었다.

"이 집은요, 4백 년도 더 전에 지었어요. 원래는 농가였어요. 골동품상을 하던 언니 부부가 이곳을 발견하고 컨트리 하우스로 개조하면 어떨까 하는 아이디어를 냈지요."

"그 아이디어가 들어맞았네요."

"예, 지금은 알 만한 사람은 아는 숙소가 됐지요. 그런데 이 부근의 작은 숙소는 대부분 외국인이 경영하고 있어요. 아시시 시내에 사는 것도 영국인과 미국인뿐이지요. 아무래도 이탈리아 사람들은 이곳에서 점차 나갈 수밖에 없어요, 너무 비싸서."

"베네치아와 같은 상황이군요."

"그래요. 그렇지만 난 외국인을 아주 좋아해요. 실은 나, 고등학교 영어 선생이에요. 이제는 이탈리아에서도 영어 못 하면 취직도 못 하는 시대지요. 그래서 영어 선생은 아주 좋은 직업이에요… 어, 보세요, 저기 일본 손님이에요."

마리에라 말을 듣고 돌아보니 발코니에 커피를 손에 든 동양인 남성이 막 나타난 참이다. 짙은 회색 셔츠를 입은 꽤 멋쟁이 신사인데 얼굴 모습과 체격이 분명 일본 사람처럼 보인다.

아시아계 사람과의 만남

마리에라와 헤어지고 나서 나는 그 남자가 앉아 있는 테이블로 다가갔다. 그의 아내인지, 흰 운동복에 운동화 차림의 거무스름하고 눈이 큰, 역시 동양인으로 짐작되는 여성이 신사의

테이블로 왔다. 그녀는 햇살 가득한 미국 서부 해안 출신의 중국계 미국인 같은 풍모라서 나는 우선 그걸 확인해 보기로 했다.

"미국에서 오셨나요?"

"아니요, 캐나다 토론토예요. 당신은?"

"도쿄."

"어머나! 어떻게 영어를 잘 해요?"

"뉴욕에 살았었지요."

"와우, 뉴욕! 어서 이리 오세요. 여기로 앉으세요. 저, 당신 의자 좀 가져오시지요. 나는 안젤린 챵, 이쪽은 남편 팡린 챵이에요. 이런 곳에서 아시아 사람과 만나다니."

챵 씨는 원래 상하이에서 나고 자랐는데, 1970년에 큰맘 먹고 홍콩으로 망명, 그곳에서 다닌 영어학교에서 안젤린을 만나 함께 캐나다로 이주했고, 함께 의과대학을 졸업했다. 현재 그는 토론토의 큰 병원에 근무하는 산부인과 의사이고 안젤린은 정신과 의사이다. 두 사람 사이에는 대학생 아들이 둘 있고, 해마다 학회 참석을 겸해서 세계 각지를 두루 여행한다는 것이다.

조금 후 N이 함께하자 우리는 최근 눈부신 활약으로 주목받는 『와일드 스완Wild Swans, 국내 번역본 『대륙의 딸』』의 저자 장융張戎에 대해서, 「웨딩 뱅퀴트The Wedding Banquet」의 이안李安 감독에 대해서, 「조이 럭 클럽The Joy Luck Club」의 에이미 탄Amy Tan 그리고 가즈오 이시구로石黑一雄 등 아시아계 작가, 영화감독과 그 작품들을 화제로 대화를 끝없이 이어 갔다.

순간, 뉴욕 소호의 카페에서 동료 아티스트들과 수다를 떨고 있는 건 아닌가 착각할 정도로 아주 낯익은 세계가 눈앞에 펼쳐졌기 때문에 나는 약간 흥분했다. 그 기분은 챵 내외에게도 마찬가지였던 듯 우리는 그 자리에서 그날 저녁식사 약속까지 해 버렸다.

생각해 보면, 한 달이 못 되는 기간이지만 토스카나의 시골 생활은 더듬거리는 이탈리아어로도 충분한 '초'단순 생활이었다. 글쓰기나 책읽기는 놀랄 만큼 잘 되었으나 N과 이야기하는 것 말고는 사교도 토론도 오락도 전혀 없는 생활이었다.

그러다가 이탈리아어와는 비교가 안 될 정도로 자유로운 영어로 같은 취미를 가진 같은 세대 사람과 대화를 하게 된 것이다. 다른 문화를 즐기려면 한편으로는 내가 몸담은 문화권과도 깊은 연관이 필요하다. 이 두 세계 사이를 요요처럼 왔다 갔다 할 수 있는 것이 호화의 극치라는 것을 새삼스럽게 실감했다.

N이 호텔 주변 스케치를 끝내고 나도 책읽기가 싫증날 때쯤

시카고에서 온 부부가 돌아왔다. 그중 남편이 살롱의 난로 옆에서 쉬고 있는 내 쪽으로 왔다.

"교회는 몇 개나 보았습니까?"

"사실 나가긴 했는데 바로 돌아왔지요. 나흘 예정이었지만 아내의 건강이 좋지 않아서 내일 아침 떠나기로 했습니다."

"어디가 안 좋으신 거예요?"

"지병인 류머티스입니다. 회사의 도산, 아들의 실직 등 잇따라 나쁜 일들이 일어난 게 발단이에요. 어떻게든 아내의 기분을 북돋워 주려고 큰맘 먹고 이탈리아 여행을 계획했는데 좀처럼 기분이 나아지지 않는 것 같습니다. 이럴 때는 무얼 해도 소용이 없지요. 뭐든지 나쁜 쪽으로만 해석해 버리니까요."

푸념을 한번 들어 주자, 이 시카고의 전직 사업가는 갑자기 말이 많아져서, 자기 자신에 대해서, 일에 대해서, 뉴욕에 대해서 그리고 아내의 병에 대해서 빠르고 나지막한 말투로 중얼중얼 늘어놓기 시작했다. 그렇게 대화를 하고 있자니, 그의 모습에 뉴욕 시절 옛 동료들의 모습이 겹쳐져서, 창 부부에 대해서 느꼈던 것과 전혀 다른 묘한 향수에 젖어들었다. 알게 된 지 얼마 안 되는 사람에게 이런 식으로 솔직하게 자기 이야기를 털어 놓는 분위기는 일본에서는 물론이고 유럽에서도 별로 없다는 생각이 든다. 뉴욕 그것도 맨해튼 특유의 모종의 '세련'과 그에 따르는 특유의 '솔직함'에 다름 아니다. 그런 세련됨과 솔직함이 도대체 어디서 오는 건지 나는 도무지 알 수가 없다. 그러나 그 도시에는 그렇게 하지 않으면 안 되는 고독이 있고 동시에 누구나 그것을 받아들이고 싶어지는 인정이 있다.

나는 젊은 시절 그 거리에 오래 살았고 그러면서 세계 어디를 가도 통용되는 모종의 '언어'를 배운 듯하다.

"알아요, 그런 기분. 어쨌거나 나도 왕년에 뉴요커였으니까요."

"그래요? 이해해 주었으면 좋겠어요, 이 비극을. 나빠지면 모든 게 나빠지는 느낌이에요."

"하지만 그렇게 나쁘면 이제는 좋아질 일뿐이네요. 아무려면 하느님이 그렇게 심술꾸러기겠어요?"

"하하하, 그것도 그렇군요."

N이 와서 챵 부부와의 약속 시간이 되어 간다고 말했다. 우리는 난롯불을 바라보면서 거의 한 시간이나 대화에 빠져든 것 같다.

"자, 행운을 빌어요. 아무튼 여기는 이탈리아니까요. 너무 걱정하지 말아요."

"아니, 전혀. 여긴 이탈리아요. 그런데 대화…라기보다는 내 이야기를 들어 줘서라고 해야 할까, 어쨌거나 이야기를 들어 줘서 고마워요."

그 후 시카고의 중년부부가 어떻게 되었는지 그리고 몬트리

Country House
Assisi, Italy

올의 네 사람 또는 빨강머리 베스와 그 일행들의 인생이 어떻게 되었는지 하는 것까지는 물론 모른다. 하지만 토론토의 의사 챵 부부한테서는 벌써 두 통의 편지가 와서 나도 크리스마스 카드를 보냈다. 아마도 아들 하나가 일본의 무대미술을 공부하러 조만간 일본에 온다는 것 같다. 뜻밖에도 이 우정은 적당한 거리를 유지하면서 길게 이어질 것 같은 느낌이 든다. 여행에는 만남이 따르기 마련인데, 세계를 유랑하는 '인종'에게는 왠지 공통점이 있는 것 같다. 말이나 생김새의 차이를 넘어 어떤 공통의 '암호'가 있어서 서로 눈에 보이지 않는 끌림을 느낀다. 그러한 인종끼리는 번쩍 하고 한눈에 동종의 인간인지 아닌지를 판단해 버리는 것 같다.

아시시는 줄리아나가 말한 만큼 경원敬遠해야 한다는 생각은 들지 않지만, 동시에 줄리아나가 경원하는 이유를 잘 알게 된 것 같다.

깊은 밤의 교회 회랑을 걸어 보고 싶어서 나는 다시 이곳을 찾을 것이다.

그때 또 창가에 제라늄의 빨간 꽃이 흘러넘치는 컨트리 하우스를 숙소로 해야지.

마지막

토스카나의 달밤

club del Diavolo,
CATENA, TOSCANA

친해진 고양이와도 안녕

종소리가 들린다. 바케레토 마을 교회의 종이다.

아침부터 드물게 활짝 개고 바람도 잠잠하다. 조금 쌀쌀하지만 여름용 데크 의자를 뒷마당에 내놓고 산이 시시각각 색을 바꾸는 것을 바라보고 있자니, 가끔 서늘한 가을바람이 트레이닝복 셔츠의 소매 끝으로 스며들어 겨드랑이와 가슴을 스쳐 가며 피부를 간질인다.

곧 수확이 시작될 올리브 잎들이 은색으로 반짝이며 흔들린다. 눈 아래 펼쳐지는 완만한 언덕 일대에는 살짝 황금색을 띠기 시작한 나뭇잎들이 아침 햇살을 받아 빛난다. 지난해 여름 이 나무들은 싱그러운 푸르름을 띠고 있었다. 그때와 같은 바람을 쐬면서 같은 나무들을 보고 있는데도 지금 내가 보고 있는 풍경 전체가 마치 처음 보는 것처럼 신선하다.

"차오, 이제 곧 떠나네요."

소리 나는 쪽을 돌아보니 필리포가 파이프를 입에 물고 아침 일과인 풀베기를 하는 중이다.

"그래요. 이 시골 생활도 이제 이틀밖에 안 남았네요."

"또 올 거지요? 다음번엔 올리브 수확에 함께하지요."

"꼭 그렇게 하고 싶지만…."

대답하면서 말꼬리가 애매해진다. 내년에도 토스카나에 오게

Prosutto
e Rucola
생햄과
루콜라가 든 피자
(밑바닥에
토마토와
모차렐라 치즈)

club del Diavolo,
CATENA. TOSCANA

될지 어떨지까지는 모르겠다. 지난해에는 두 달간 도쿄의 집을 비웠는데 돌아간 뒤에 얼마나 바빴는지 정말 말도 못할 정도였다. 장기간 집을 비우느라 얼마나 많은 일이 쌓였는지를 생각하면 소름이 끼친다.

금년은 더 큰일이다. 런던에서 돌아온 딸이 집을 봐주기로 해서 마음은 놓이지만, 지난봄에 우리 집에 화재가 난 이래 나는 집을 비우는 일이 몹시 불안하게 느껴진다. 고독으로 쇠약해진 두 마리의 고양이도 오랫동안 그냥 둘 수가 없다. "응, 응, 꼭 우리 집 가까이 이사 와." 고양이를 좋아하는 친구를 만날 때마다 이런 식으로 권유하는 것도, 애완동물을 좋아하는 사람들끼리 도와서 고양이를 돌보지 않으면 이제 여행도 맘대로 할 수 없기 때문이다.

그러고 보니, 이곳에 왔을 때 만난 도둑고양이 모자는 이제는 아주 낯이 익었는지 내가 바깥 테이블에서 책을 읽고 있으면 어느새 건너편 빈 의자에 앉아서 자리를 함께해 준다. 동물 특유의 경계심이 없어지고 표정도 부드러워져 눈가의 매서움이 사라졌다. 때때로 귀여운 표정과 몸짓까지 보인다. 겨우 친해졌는데 이대로 떠나가게 되어 참 서운하다. 산의 자연과 적들에게도 굴하지 않고 아무쪼록 강인하게 살아갔으면 좋겠다. 다행히 이웃에 온 호주 사람 일가가 모두 고양이를 좋아한다고 들어서 나는 그들에게 슬며시 먹이 좀 주라고 부탁했다.

"내일 카테나에 있는 크리스티나네 음식점에서 송별 만찬이라도 할까요?"

"와우, 좋아요. 우리는 날마다 일요일이니까 아무래도 여러분들 사정에 맞추지요."

"알았어요. 그러면 크리스티나와 의논하지요."

송별 만찬은 피체리아에서

다음 날 7시 반에 세아노 마을에서 차로 불과 20분 정도 거리에 있는 라 카테나La Catena의 피체리아로 나갔다. 주인 크리스티나는 늘씬한 미인인데다 사업수완도 상당하다. 그녀 말로는 피자에 루콜라 잎을 얹는다든지 하는 샐러드 풍의 변형 피자는 원래 그녀의 독창적 아이디어라고 한다.

크리스티나의 피체리아는 손님이 백 명이나 들어갈 수 있는 넓은 가게인데, 옆에는 커다란 연못도 있어서 여름 동안은 연못 주위에 친 텐트 아래서 식사를 할 수 있다. 지난해 여름에는 여덟 시가 넘으면 도저히 들어갈 수 없었다는데 지금은 비수기라서 비어 있다. 가슴 부위가 깊게 파인 검정 스웨터를 심플하게 차려입은 크리스티나가 생글거리며 다가왔다. 로런 버콜 풍의 허스키한 목소리하며 세련된 몸놀림하며 그녀는 파리나 밀라노 거리에 어울릴 도회풍의 여성이다.

테이블에는 필리포와 베네데타와 두 아들, 크리스티나와 로마에서 왔다는 그녀의 친구인 디자이너 루치아노 그리고 우리가 앉았다. 조금 뒤에 독일에서 온 또 한 쌍의 남녀도 가세해서 모두 열 명이나 되는 큰 만찬이 된다. 만찬이라고는 해도 이곳은 피체리아라서 피자를 중심으로 파스타와 간단한 전채요리나 디저트가 있는 정도의 홀가분한 식사가 중심이다. 내가 이탈리아의 외식이 좋은 이유는 이런 피체리아 풍의 가게가 충실하다는 데 있다. 그중에서도 크리스티나의 가게는 신선도도 맛도 단연 뛰어나다. 이 정도 수준의 피체리아가 있다면 이탈리아 어디를 가더라도 외식만으로도 어떻게든 될 것 같다. 야채가 풍부하고 신선하니까 가벼운 식사에는 불편함이 없다. 예컨대 이날 내가 주문한 것은 대충 이런 것이었다.

먼저 치즈도 토마토도 아무것도 얹지 않은 피자빵만을 17세기에 만들었다는 돌화덕에 장작불로 구운 것. 이게 수제手製라 모양은 이지러졌지만, 거뭇거뭇 살짝 탄 자국이 있는 뜨거운 피자 빵의 색과 향은 바라보기만 해도 행복해진다. 거기다 샐러드 볼 한가득 루콜라와 새우 샐러드를 곁들인다. 피자 위에 자기가 좋아하는 샐러드를 듬뿍 얹어서 파르미자노 가루와 최상급 올리브유, 소금, 레몬만으로 조미해서 테마키 초밥처럼 해서 먹

토스카나의 집들

는다. 이 메뉴는 내가 아주 좋아하는 것이다. N은 신선한 주키니와 토마토를 많이 얹은 피자에다가 버터로 버무린 페투치네(탈리아텔레 같은 납작한 면발)fettuccine를 주문했는데, 너무 많아서 절반만 먹고 항복했다.

"도대체, 파스타와 피자를 함께 주문하는 사람이 어디 있어요? 그 둘은 내 위장에도 도저히 무리라니까." 하고 필리포가 검지를 세워서 N의 욕심스러운 주문을 나무랐다.

나그네와 수집가

크리스티나가 일본 여행 때 샀다는 비젠야키오코야마岡山현 비젠備前시 인베伊部 일대에서 나는 도자기를 가지고 와서 테이블 위에 놓았다. 베네데타가 감탄의 소리를 낸다. 나는 토스카나나 움브리아 지방의 밝은 색조의 도기가 마음에 드는데 그들 눈에는 차분한 일본 도기가 이국적으로 비치는 모양이다.

"이런 느낌의 도자기를 모으고 싶어요."

"나는 이탈리아의 델타 도기가 좋아요. 이번에 서로 교환하면 좋겠네요."

"이탈리아 도자기를 모아요?"

"아, 그 정도 열정은 없어요. 나는 뭐가 됐건 수집가는 안 될 거 같아요."

그때 필리포가 피자를 우물거리며 이쪽을 돌아보았다.

"그래요? 인간은 누구나 일생에 한 번은 수집가가 된다던데."

"그거, 스피노자가 말했나? 아니면 데카르트던가…."

"토스카나 사람. 다 빈치인가? 그건 농담이고, 근데 당신 한 번 자알 생각해 봐요. 어릴 때 뭔가 하나 정도는 집착해서 모은 것이 있을 테니까."

"그게… 그러고 보니 아주 어렸을 적에 단짝 친구의 영향으로 손수건을 모았어요. 그렇지만 금방 그만뒀어요. 오래 가진 않았지요. 수집의 열정은 '조금 모자람'이에요."

"그건요 미치코, 당신이 여행자의 인생을 선택했기 때문이에요. 여행하는 사람은 물건을 사지 않고 모으지도 않아요."

베네데타가 말하자 필리포가 바로 말을 가로챘다.

"아냐, 아냐, 그건 말이요, 당신이 아나키스트이기 때문이요."

"아나키스트라는 건 또 좀 지나치지요."

"아니, 아나키즘은 정치만이 아니니까요. 연애의 아나키즘도 있지요. 당신에게는 다분히 그런 성향이 있어요. 어때, 맞지요?"

필리포가 눈짓을 해 가면서 주장했다.

"어머, 점쟁이처럼 사람을 정의하네요. 그런데 다들, 점성술 믿어요?"

전원일치로 크게 고개를 끄덕였다. 무엇을 숨기랴, 나는 옛날부터 점을 아주 좋아해서 어느 나라에 가든지 여러 점술가를 찾아다니며 즐긴다. 정말로 즐기기 때문에 무슨 말을 들어도 내 멋대로 좋은 것만을 믿고 나쁜 것은 바로 잊어버린다. 유럽 특히 남유럽에 사는 친구 가운데는 점성술을 좋아하고 믿는 타입이 많다. 테이블 끝 쪽에 있던 독일 여성이 내게 물었다.

"왜 갑자기 점성술 얘기예요? 별점에 따르면 당신은 수집가가 되지는 않는다는 건가요?"

"그런 건 아니지만, 지금까지 어느 나라에서 점을 보아도 나한테는 외국에서 생활하고 여행할 운명이 나오는 건 분명해요."

"다시 말해, 역시 수집가가 될 수는 없겠네요. 여행자는 언제나 몸이 가벼워야 하니까요."

"필리포와는 아주 반대로군요. 필리포, 당신이 일본에 올 일은 없다고 해도 하다못해 이웃 프랑스에 갈 일은 있을까요?"

"설마, 있을 수 없어요. 나는 농민이기 때문에 결코 토지를 떠나지 않지요. 나무를 심고 아이를 키우고 가축을 돌보기 위해 꼼짝 않고 있는 거요."

"그렇지만 아이들은 여행을 시키겠지요? 당신이 젊었을 때 미국에서 살았던 것처럼?"

토스카나의 밤

"그건 그래요. 아들들은 유럽도 미국도 그리고 특히 일본을 보면 좋겠어요. 그런 때가 오면 잘 부탁해요."
"나도 토스카나에서의 휴가가 영원히 가능할 거라고는 생각하지 않아요. 그렇지만 이런 산에서 자연에 둘러싸여 사는 정신적인 생활은 이후에도 지속하고 싶어요. 맨발로 흙 위를 걷고 싶어요."
"홋카이도, 거기라면 그럴 수 있을 거요."
"그래요. 그런 생각을 하게 됐어요. 될 수 있으면 내가 태어난 홋카이도 후라노富良野에서 이런 우아하고 호사스러운 시골 생활이 가능할지 어떨지 한번 곰곰 생각해 보고…."
"어, 후라노? 이탈리아 말 같네."
"그래요? 후라노, 정말 이탈리아어 같네요."
N이 베네데타 등이 발음한 '후라노'를 흉내 내며 웃었다.
"보자, 너희들 장래 꿈은 뭐지? 뭘 하고 싶을까?"
두 남자아이에게 묻자 엄마 귀에 대고 작은 소리로 뭔가 속닥거린다.
"응, 응, 그으래… 말이에요, 피에트로는 요리사, 아토레는 나무나 숲을 연구하는 학자가 되고 싶다는데요."
"허, 역시 아빠의 영향인가."
문득 주변을 보니 가게 안에 다른 손님은 이제 아무도 없다. 벌써 자정을 넘긴 시각이다. 피에트로와 아토레의 눈은 거의 감겨 버린 것 같다.

"우리 집에서는 아이들 취침시간이 일곱 시 반이라 이미 훨씬 전에 재우고 왔지요. 이탈리아 사람들은 아이들을 이렇게 밤늦게까지 안 재우고도 어떻게 아무렇지도 않나요?"

독일 사람이 말하자 필리포가 반론을 폈다.

"일곱 시 반이면 너무 일러요. 노르웨이의 친구는 아이를 일곱 시에 재우는데, 글쎄올시다… 자기가 어렸을 때를 생각해 보면 알잖아요? 그렇게 일찍 자면 해가 뜨기 전에 잠이 깨 버려요."

우리가 자리에서 일어났을 때 테이블 반대편에 있었기 때문에 별로 이야기할 기회가 없었던 독일 커플이 다가와서 다음에 올 때는 자기들 별장을 사용하면 좋겠다고 해서 주소를 받았다. 그리고는 내게 속삭였다.

"필리포가 말은 저렇게 해도 이탈리아 교육을 탐탁치 않게 여겨요. 그리고, 저 이들, 아들 둘을 하루에 세 시간밖에 학교에 보내지 않아요. 너무 오랜 시간 학교에 있으면 나쁜 영향을 받는다고 멋대로 데려와요. 지독한 부모지요."

"정말…."

나는 대답하면서도 내심 하루 세 시간 학교라는 건 나쁘지 않다고 생각했다(나도 어렸을 때는 학교와 선생이 싫었으니까). 그런 만큼 부모가 아이와 함께 보내는 시간이 길어지는 셈이라, 필리포는 그런 의미에서는 두 아들의 정말 풀타임의 좋은 아버지였다. 그런데 이 독일인들은 아무래도 필리포네 방식에 비판적이다.

"머잖아 틀림없이 세상에 뒤처지는 아이가 될 거예요. 불행이에요."

"그래도 저 애들은 잘 생겼으니까 나중에는 카사노바로도 잘 먹고 살 거예요."

나의 농담은 이 부부에게는 통하지 않았는지 의아한 표정을 지었다.

차를 타고서는 필리포가 말한다.

"저 독일 부부는 분명 유대인인 것 같은데 굉장히 큰 부자라고요. 이 근방 일대에 땅과 빌라를 가지고 있대요."

"그렇군요… 근데 친구는 아닌 거예요?"

"아, 몇 번 만난 적은 있지만 크리스티나의 친구지요. 이탈리아 사람들은 옛날부터 이런 식으로 잘 알지 못하는 사람과 식사를 하는 버릇이 있지요."

"어디서 굴러먹던 말 뼈다귀인지 모르는 자포네제라든가."

"하하하, 그건 다르지요. 그대들은 이미 친구요. 두 해에 걸친 휴가를 함께 지냈으니까."

사이바바와 보름달

필리포가 운전하는 랜드로버가 산길을 굽이굽이 올라간다. 올리브 밭 저편에 놀랄 만큼 커다란 (그건 올리브 밭 지평선의 절반 정도를 차지하는 크기였다) 보름달이 떠서 근방 일대를 하얗게 비추고 있었다. 나는 옛날부터 보름달을 보면 기분이 묘해지는데 그때도 이상한 흥분을 느끼면서 나도 모르게 차창 밖으로 몸을 내밀었다.

"우와, 보름달이다, 보름달. 어쩌면 저렇게 아름다울까!"

"으음, 이건 굉장한 보름달이네. 어이 데타, 빨리 낳지는 말아 줘, 보름달이 뜨면 출산이 시작된다잖아."

"무슨 소리예요."

"아, 달이 어쩜 이렇게 큰 걸까?"

"정말이에요. 이상할 정도로 크네, 오늘 밤 달은."

"사티아 사이바바Satya Sai Baba님의 장난인가?"

"음, 그럴지도 모르지요. 금년은 여러 가지 이상한 일이 일어난 해였으니까. 틀림없이 사이바바가 기적을 일으키고 있는 거요."

나는 깜짝 놀라서 보름달을 바라보았다. 이탈리아에 올 때 비행기 안에서 읽은 아오야마 마사히데青山圭秀의 저서 『이성의 흔들림理性のゆらぎ』에서 알게 된 인도에 사는 신의 화신化身 사티

아 사이바바를 나도 모르게 말했는데, 필리포도 베네데타도 그리고 어린 두 아들까지도 아주 자연스럽게 사이바바의 이름에 반응했기 때문이다. 이건 도대체 무슨 일일까. 내가 알기로는 이 인도의 예언자에 대해서는 일본에서는 거의 알려지지 않은 거 같았는데….

"근데, 이 보름달이 일본에서도 보인다고 생각하면 역시 이상하네요."

"하하하, 당신은 별 걸 다 감탄하네요. 하지만 당연한 의문이라는 생각도 들어요. 근데 지구의 반대쪽에서 보는 달은 똑같은 것 같아도 똑같지 않을지도 몰라요…. 그것도 사이바바에게 물어보면 금방 알 수 있을걸요."

토스카나의 하늘은 끝없이 파랬다

다음 날 아침 N과 나는 일찍 일어나서 집 청소를 마치고 차에 짐을 싣고, 주인집 일가와 고양이 그리고 부근 여기저기에 작별을 고한 다음 바로 로마로 향했다. 로마에서는 줄리아나가 남자 친구 엔리코와 함께 우리를 기다리고 있을 터였다.

어젯밤 전화에서 그녀는 "로마의 유대인 게토에 있는 유명한 이탈리아 요릿집에 데려가 줄게." 하고 말했는데, 유대식의 이탈리아 요리란 대체 어떤 것일까? 유대교 계율에 따른, 고기 당고 비슷한 마쪼볼Matzo Ball이 들어간 수프나 코셔Kosher라 부르는 고기나 생선 요리 같은 걸까? 그나저나 유대식이라는 말을 듣고, 나는 드디어 다시 대도시로 돌아간다는 생각에 몸이 살짝 긴장되는 느낌이 들었다.

"차오, 아리베데르치Arrivederci, 작별인사."

"또 오세요. 다음엔 올리브 수확을 도와주러 와요."

달밤이 예언한 대로, 스파차벤토에는 바람이 멎고 오랜만에 활짝 갠 푸른 하늘이 완만한 토스카나의 언덕을 향해서 끝없이 끝없이 펼쳐졌다.

후기

염원했던 이 책이 완성되어 감개무량하다. 정말로 이렇게 책으로 세상에 나오는 것이 한때는 불가능하다고 생각했기 때문이다.

누구에게나 그럴 테지만, 아무 일 없이 평화롭게 하루하루가 지나가는가 하면 어느 때는 극적으로 어려운 일이 연속해서 일어나기도 한다. 『토스카나의 우아한 식탁』은 지은이 두 사람에게는 바로 후자의 시기에 맞닥뜨려 버린 책인 셈이다.

나와 미야모토 미치코는 1992년 여름 토스카나 체재를 마치고 나서 겨울을 뉴욕에서 지낸 뒤 1993년 봄에는 도쿄로 돌아와 있었다. 그런데 그해 3월 우리가 살던 도쿄 교외의 집이 화마에 휩싸인 것이다.

다행히 미야모토는 외출 중이었지만 집에 있던 나와 미야모토의 어머니는 폐에 뜨거운 연기를 들이마시고 화상도 입는 바람에 구급차에 실려가 집중치료실에 들어갔다. 미야모토가 집에 돌아왔을 때는 집이 참담하게 잿더미가 되어 버렸고, 더구나 입원한 우리 두 사람의 상태가 심각했다. 특히 어머니는 위독했다.

나의 작업실도 타 버려서 책에 사용할 그림 중 다수가 소실되거나 심하게 손상되었다. 자료도 몽땅 사라졌다. 나는 병원에서 산소호흡을 받게 되었는데 짓무른 폐 그리고 화상을 입은 오른손과 얼굴이 걱정이었다.

한평생 좀처럼 있기 어려울 최악의 사태였다. 어떻게 해서든 이 상태를 돌파하지 않으면 안 된다고 병원 침대에서 생각했다. 사적인 일을 말해서 죄송하지만, 미야모토와 나는 뉴욕에서 만나 결혼하고 공적인 일이나 사적인 일이나 함께 협력하며 살아왔다. 결혼 10년이 되었을 때, 두 사람이 의논해서 호적상의 결혼 상태에 대한 비판으로서 법적인 결혼을 해소시켰다. 나는 병원으로 급히 달려온 미야모토에게 필담으로 두 사람의 혼인신고를 새로이 하자고 제안해서 미야모토의 동의를 얻었다. 이 어려운 사태에 맞서려면 두 사람에게 예사롭지 않은 에너지가 필요할 것이다. 힘을 합쳐서 살아남기 위한 상징으로서, 최악의 밑바닥 상황에서 새로이 '결혼'을 해야 한다고 생각한 것이다. 또 하나는 나의 생명에 지장이 있을 경우 법적으로는 남인 미야모토에게 세속적인 귀찮은 일이 닥칠 것도 마음에 걸렸다.

화재가 난 뒤 몇 달 동안, 친구와 지인들의 도움을 얻어 어찌어찌 집을 다시 지었다. 나와 미야모토의 어머니도 막다른 상황에서 벗어나 건강하게 퇴원할 수 있었다. 그리고 그 가을, 우리는 취재를 재정비할 작정으로 다시 토스카나로 여행을 떠난 것이다.

사건을 겪고 전혀 다른 기분으로 대면한 토스카나의 풍경은 우리의 지친 마음과 몸을 깨끗이 씻어 주기라도 하는 듯 아름다웠다. 사이프러스가 있는 완만한 토스카나의 언덕은 단지 아름답기만 한 것이 아니라 성스러움마저 느끼게 해 주었다. 내가 풍경을 이렇게 즐겁게 그린 적도 없는 것 같다. 나는 타 버린 분량을 충분히 보충할 만큼 많은 그림을 그릴 수 있었다. 또 여행이라는 것이 이렇게나 기분을 새롭게 해 주는 것인가를 실감한 적도 없다.

그동안 소시샤의 무라카미 타케시 씨가 편집자로서나 친구로서나 한결같이 우리에게 힘을 보태 주었다. 한편으로는 타고 남은 자료에서 쓸 만한 그림을 찾아내고 보관하여 이 책의 출판을 지속적으로 준비해 주었다.

무라카미 씨와 더불어 오랫동안 편집과 자료수집 등의 작업에 함께한 아부 히데코 씨와 오쿠다 요오코 씨에게도 신세를 졌다.

그리고 토스카나 체재 중에 신세를 진 보나코시 백작과 그 가족 여러분에게도 마음으로부터 인사를 올리고 싶다.

1994년 5월 나가사와 마코토

옮긴이의 말

이 책의 지은이들은 일본에서 나고 자라 미국 뉴욕에서 젊은 시절을 보내고 다시 일본에서 미술 관련 작업과 저술을 하면서 장기여행을 자주 하는, 여유 있는 생활을 하는 분들이다. 본문 중에서 지은이가 자신의 이탈리아 친구들의 생활에 대해서 '사치스럽다'는 느낌을 가지는 한편 '부럽다'는 느낌을 감추지 않듯이, 나도 이 책을 옮기면서 지은이들의 생활이나 생각에 대해서 그 두 가지 느낌이 교차하는 것을 어쩔 수 없었다. 독자들 가운데 이 책에 드러나는 이들의 생활을 그대로 누릴 수 있는 사람들이 많지는 않을 것이다. 그러나 그들이 추구하는 삶이 속도 위주의 저급한 물질주의에 매몰된 것이 아니라 적어도 그것과는 반대 방향에 서 있다는 점에서 그걸 부러워하고 꼭 그대로는 아니지만 비슷하게라도 살고 싶다고 생각하는 것을 나무랄 수는 없을 터이다.

이 책의 매력을 꼽자면 첫째로, 이탈리아 토스카나 지방의 시골, 물론 그냥 시골이 아니라 전통이 살아 있는 비교적 풍요로운 시골의 식탁에 대한 감칠맛 나는 묘사일 것이다. 그 식단의 기본 정신은 복잡한 가공 또는 가미를 하지 않는다는 점에서 (결코 값싸지는 않지만) 단순소박하다고 할 수도 있고 또 다른 식으로 요즘 우리도 많이 쓰는 외래어로 표현하자면 웰빙(well being)이나 슬로푸드(slow food)와 통한다고도 할 수 있다. 두 차례에 걸쳐 머무는 토스카나의 산장이나 백작가의 저택뿐만 아니라 이들이 여행하는 베네치아, 제노바와 근처 산골 그리고 아시시 등 이탈리아 각지에서 만나는 여러 음식들을 조리하는 과정을 자세히 서술하는 대목들은 이 책의 백미이다. 낯선 식재료들과 낯선 조리법의 음식들은 그것대로, 또 우리도 요즘은 드물지 않게 맛볼 수 있는 식단은 그것대로 꼭 한번 먹어 보고 싶게 만드는 마력이 있다.

또 이 책은 단순한 기행문이나 음식에 대한 소개가 아니다. 산장 주인 필리포를 비롯한 보나코시 백작가의 구성원이나 지은이의 친구 줄리아나, 토마 그리고 여행지와 숙소에서 마주치는 여행객 할 것 없이 등장인물들의 성격이 생생하게 살아 있다. 몇 군데 코믹한 과장이 보이기는 하지만 이러한 것들이 읽는 재미를 더하는 것도 부인할 수 없는 사실이다. 마치 눈앞에 마주하는 듯한 생생한 묘사와 이들과의 대화, 이들과 얽히는 이러저런 에피소드가 없었다면 아무리 신선하고 맛있는 음식 또 아무리 여행의 정취를 느끼게 해 주는 이탈리아의 풍광도 그 감흥이 반감했을 것이다.

좋은 책이라고 해서 옮긴이가 그 좋은 점을 구구절절 소개하는 것은 독자들이 직접 읽어 나가는 즐거움을 빼앗는 일이 되므로 더 길게 말하는 것은 적절치 않을 듯하다. 그러나 앞에 말한 이 책의 매력들은 읽는 이에 따라 혹시 느낄 수도 있는 약간의 아쉬움, 예컨대 군데군데 배어 있는 모종의 감상주의 등을 충분히 상쇄하고도 남는다. 또한 이 책에는 기본적으로 지은이들의 유럽 취향 그중에서도 거의 편향이라고 할 수 있을 정도의 순진한 이탈리아 취향이 깔려 있다는 점도 부인하기 어렵다. 그리고 이것은 이 책이 출간될 당시 일본 독자들의 성향과도 아주 잘 맞아떨어진 걸로 보인다. 그런 점에서 요즘 한국 독자들의 느낌이나 반응이 어떨지에 대해서 옮긴이로서 조심스러운 점이 없지 않으나 일단 지은이들의 순진한 마음을 액면 그대로 받아들이고 싶다.

현업에서 물러나서 좀 느긋하게 지내게 된 터에 김덕균 사장

님의 권유로 이 책을 번역하게 되었다. 우선 '토스카나의 우아한 식탁'이라는 책의 제목이나 삽화, 장정 등이 마음에 들었고 쫓기는 일정도 아닌 것 같아 착수했는데, 실제 작업은 만만치가 않았다. 다행스럽게도, 이 책에 나오는 이탈리아의 여러 지역들이 대부분 지은이들만큼 자주 길게는 아니지만 나 자신도 몇 차례 다녀온 적이 있어서 별로 낯설지가 않았다. 그리고 그런 여행에서 주워들은 이탈리아 말이 이 책의 번역에도 약간이나마 도움이 되었다. 지은이의 감칠맛 나는 문체와 생생한 구어체를 살리려 나름 애썼는데 몇 대목에서 일본문학자 박유하 교수님의 도움을 받을 수 있었다. 감사한 마음과 더불어 너무 사소한 문제를 드려 민망한 마음이 크다. 우리말 문장을 만드는 데 내가 미처 생각하지 못한 많은 도움을 준 편집부 편은정 님께도 고마운 뜻을 전하고 싶다.

2013년 7월 고세현

토스카나의 우아한 식탁

초판 인쇄 2013년 9월 5일
초판 발행 2013년 9월 15일

글 미야모토 미치코
그림 나가사와 마코토
옮김 고세현

펴낸이 김덕균
펴낸곳 라임북
교정 교열 편은정
디자인 박재원

출판등록 제10-2296호
주소 서울시 마포구 동교로 221 2층
전화 02-326-1285
전송 02-325-9941
전자우편 book@openkid.co.kr

ISBN 978-89-90396-83-9 03830
값 16,500원

*라임북과 열린어린이는 자매회사입니다.